봉사 장편 소설

FUSION FANTASTIC STORY

스킬러
SKILLER

1

스킬러 1

봉사 장편 소설

초판 1쇄 찍은 날 § 2014년 11월 4일
초판 1쇄 펴낸 날 § 2014년 11월 11일

지은이 § 봉사
펴낸이 § 서경석

편집부장 § 권태완
편집책임 § 박용서

펴낸곳 § 도서출판 청어람
등록번호 § 제387-1999-000006호
등록일자 § 1999. 5. 31
어람번호 § 제1-1976호

주소 § 경기도 부천시 원미구 부일로 483번길 40 서경B/D 3F (우) 420-822
전화 § 032-656-4452 팩스 § 032-656-4453
http://www.chungeoram.com
E-mail § chungeorambook@daum.net

ISBN 979-11-316-9277-6 04810
ISBN 979-11-316-9276-9 (세트)

봉사 장편 소설

FUSION FANTASTIC STORY

스킬러

① SKILLER

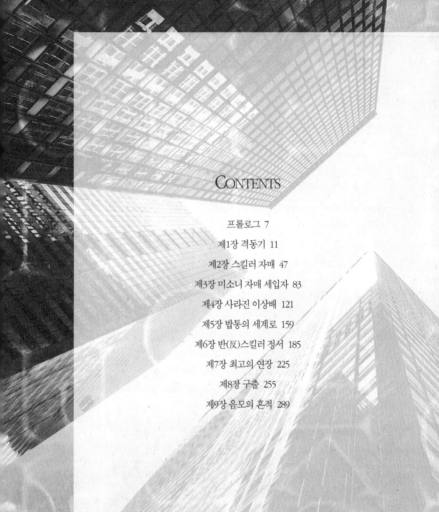

CONTENTS

SKILLER

스킬러

프롤로그

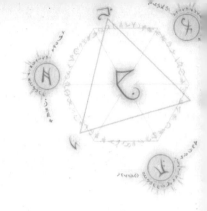

전 세계인들에게 한 장의 신비한 카드가 아침 햇살처럼 찾아왔다.

이 카드를 전달받은 자들은 사는 곳도, 나이도, 성별도, 지위도 다 달랐다.

외관이 꺼림칙한 이 카드를 받은 자들은 처음엔 다들 의구심과 찝찝함을 드러냈다.

하지만 인간의 본능 중 하나가 바로 호기심이지 않은가.

사람들은 각자의 성격에 맞게 잡거나, 가볍게 건들거나, 혹은 툭 치는 식으로 카드에 자극을 주었다.

그러자 카드는 놀랍게도 그 각각의 자극에 반응했다.

자극이 전해진 카드는 그 순간 검은색 연기를 뿜으며 거짓

말처럼 사라져 버렸다.

그 어떤 흔적도, 단서도 남기지 않았다.

사람들에게 깊은 의문을 남긴 카드는 그렇게 모두를 찾아왔듯 놀라운 괴사를 남기며 홀연히 사라져 버렸다.

그때까지 사람들은 이 일을 단순한 화젯거리로 삼았을 뿐 크게 생각하지 않았다.

너에게도 그런 일이 있었니? 나도. 놀랍지 않든? 등등.

언론인들도 이러한 경험을 했지만 그들은 자신들이 겪은 일을 보도하지 않았다.

이런 일 말고도 세상에는 너무나 많은 놀라운 일이 매일같이 일어나고 있었기 때문이다.

그래서 카드에 관한 일은 인터넷에서 잠시 뜨거운 반응을 일으키다가 곧 일상의 간식거리처럼 잊혀갔다.

그리고 하루, 이틀, 사흘… 열흘!

픽션에나 존재하는 신비로운 기술—스킬—을 현실의 존재가 사용하는 일이 발생했다.

한두 건이 아니었다. 어느 한 지역에만 국한된 이야기도 아니었다.

그건 저 동방의 작은 나라 대한민국도 마찬가지였다.

사람들은 이들을 '스킬러'라 불렀다.

제1장
격동기

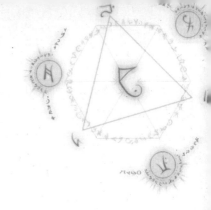

　최근 뉴스에선 미스터리 한 범죄 사건이 연일 전파를 타고 있었다.

　이는 비단 언론에서만이 아니었다.

　인터넷상에서도 개인이 올린, 직접 겪었거나 혹은 풍문으로 들은 것들을 올려 열띤 공방거리가 되었다.

　예를 들면 인도로 돌진한 차량으로 인한 인명 및 재산 피해, 방화로 추정되는 크고 작은 화재, 납치와 강도, 살인, 성추행이나 성폭력, 그리고 학원 폭력까지.

　하지만 이는 이전에도 우리 사회에 꾸준히 존재하던 것들이었다.

　그럼에도 근래에 들어 이 사건들이 언론과 인터넷상에서 집중 조명을 받게 된 이유는 미스터리란 단어를 이 사건들에 넣지 않고서는 도저히 설명할 수 없었기 때문이다.

그리고 TV 예능 프로그램에는 갑자기 초능력자들이 속속 등장하여 자신의 장기를 자랑했다.

이들은 카메라 앞에서 상상으로나 가능할 법한 놀라운 능력을 보여주었다.

처음엔 호기심과 경탄을 터뜨렸던 사람들은 어느 순간 미스터리한 범죄가 급증하자 서서히 두려움에 빠져들었다.

미국의 한 국영방송에 출연한 출연자의 신비한 능력을 본 사회자가 즉석에서 그에 대해 이름을 지었는데 그 방송인이 붙인 이름이 스킬러였다.

그 후 사람들은 이들을 초능력자가 아닌 스킬러라 부르기 시작했다.

세상은 진지하게 이들을 주목하기에 이르렀다.

각국의 정부와 언론은 두 가지 상황에 주목했다.

스킬러들의 대거 등장과 함께 기존의 수사 기법으로는 도저히 파헤칠 수 없었던 여러 사건을 살피기 시작한 것이다.

이를 통해 대부분의 미스터리한 사건에 스킬러가 개입했음을 어렵지 않게 밝혀낼 수 있었다.

문제는 스킬러가 우리와 다른 존재가 아닌, 기존의 우리 이웃이란 점이다.

스킬러들 중에는 자신의 능력을 과시하려는 자가 있는가 하면, 반대로 이를 숨긴 채 제 이익을 추구하려는 자들도 있었다.

물론 평범한 삶을 살아가는 자들이 대다수이긴 하지만 세상은 겉으로 드러난 사건에만 주목하여 스킬러를 매도해 버렸다.

발작 같은 현상이었다.

세상의 모든 범죄는 스킬러가 다 저지르고 다니는 것처럼 여겨지는 풍조가 그렇게 움텄다.

"예지 엄마, 정부 발표 들었어?"

"어, 초능력자들의 의무 신고제 말하는 거지?"

"공상 소설에나 나올 법한 초능력자, 아니, 스킬러라고 했지. 암튼 그런 사람들이 우리 주변에 살고 있다니… 난 그 얘기 듣고 무척 오싹했어. 전에도 사람이 무서웠지만 지금은 더 무서워져 버렸어."

체형이 통통한 아주머니의 말에 예지 엄마라는 여인도 동의의 뜻으로 고개를 주억거렸다.

스킬러에 관한 이야기는 남녀노소를 가리지 않고 모든 이들에게 중요 관심거리로 안착해 있었다.

회사, 학교, 거리 할 것 없이 사람들이 모였다 하면 다들 스킬러에 관한 이야기뿐이었다.

지금도 두 여인은 마트에서 물건을 사며 이야기를 나누고 있었다.

"그래도 정부가 나서서 스킬러들을 통제한다고 하니 그나마 다행이지."

"그렇긴 한데 인권 단체들이 반발하고 있잖아. 거기다 그런 사람들이 정부의 통제에 따를까? 초능력이 있는데."

"그들이 괴상한 능력을 부리더라도 그 능력이 지속적이지는 않다던데? 암튼 그렇지 않다고 들었어. 전에 '놀라운 TV'에 나왔던 스킬러들이 그랬잖아. 자신의 능력 지속 시간이 하루에 고작 일 분이라고 말이야. 겨우 일 분간 그 능력을 사용한다는데 무슨 큰일을 벌이겠어. 안 그래?"

스킬러에게 이러한 단점마저 없었다면 그들에 대한 일반의 공포는 더욱 강력하게 확장됐을 것이다.

하지만 이 점이 인터넷상에서 열띤 공방거리가 되었다.

1분이란 시간 안에 저지를 수 있는 범죄의 수, 그리고 발생한 범죄들의 사례를 조목조목 예를 들어 스킬러의 위험성을 강조한 글들이나 의견들이 너무 많았기 때문이다.

이렇다 보니 스킬러에 대한 불안감은 강력한 여론을 형성하여 정부를 압박했다.

그 결과 대부분의 나라에선 스킬러 통제법을 만들었다.

대한민국 정부는 그보다 약하게 자진 신고 기간을 두어 스킬러들의 자발적인 신고를 유도하고 있었다.

문제는 스킬러에 대한 좋지 못한 여론이다.

자유의 침해!

대부분의 스킬러들은 세상의 눈치를 살피며 자신이 나아갈 바를 아직 정하지 못하고 있었다.

"아무튼 세상이 점점 더 각박해지고 무서워지는 게 아닌지 몰라."

"나도 요즘엔 애들이 걱정돼서 학원 다 끊고 일찍 귀가시키고 있어. 하지만 애들이 내 말을 도통 들어먹질 않아. 어제도 예지랑 한참……."

두 아주머니의 수다를 뚫고 무심한 인상의 청년이 계산대에 구매한 물건을 올렸다.

수다 삼매경에 빠져 있던 두 아주머니도 부랴부랴 이 청년의 뒤에 줄을 섰다.

불안감이 깃든 두 여인의 수다는 여전히 그칠 줄 몰랐다.

"예지 엄마, 그 얘기 들었어?"

"무슨?"

"상동 고교에서 학생이 선생님을 칼로 찌르는 일이 있었대."

"뭐야? 그런 일이 있었어? 세상이 대체 어찌 돌아가려고 이러는지. 휴우, 그런데 나 그 뉴스 못 들었는데?"

"요즘 상황을 봐. 놀라운 일이긴 해도 뉴스로 다뤄질 만큼 큰 사건은 아니잖아. 다들 스킬러에 관한 정부 발표와 대형 사건 사고를 방송하기도 바쁘잖아."

얼마 전까지만 해도 학생이 선생님을 칼로 찌른 사건은 언론의 주목을 받기에 충분했다.

하지만 지금의 세상은 그 얼마 전과 크게 달라져 있었다.

공상 세계와 현실 세계가 겹쳐져 버린 듯한 일들이 주변에 만연하면서부터다.

아직도 이 상황에 시민과 정부가 적응하지 못해 그 혼란이 사회 곳곳에서 가지를 뻗고 있었다.

제삼세계에서는 스킬러들이 반군과 연대해 테러를 일삼는다고 했다. 그건 선진국이라 불리는 곳에서도 마찬가지였다.

그런 점에서 대한민국의 스킬러들은 매우 소심하고 얌전한 편이라고 봐야 했다.

적어도 외국에서 벌어지고 있는 사건들에 비하면 말이다.

"계산해 주세요."

뒤에서 들려오는 두 여인의 수다를 귓등으로 흘리며 무심한 인상의 그 청년이 계산원에게 말했다.

인상적인 표정인 청년의 이름은 선우현성. 올해 스물두 살로 그 나이에 어울리지 않게 독특한 직업을 갖고 있었다.

"사만 오천 이백오십 원입니다. 포인트 카드 있으세요, 고객님?"

"아뇨."

"만들어 드릴까요?"

마트에서 물건을 사고 계산할 때마다 늘 듣는 이야기다. 그리고 그때마다 현성은 같은 말을 반복하고 있었다.

계산원 역시 손님에게 매번 이러한 권유를 하는 것이 내키지는 않을 것이다.

하지만 어쩌랴. 상부에서 내려온 지시를 어기면 불이익을 받으니 싫어도 억지로 웃으며 매번 그리 권할 수밖에.

"아뇨, 바로 계산해 주세요."

다행히 현성은 짜증이 심한 성격도 아니었고 지금은 바쁜거나 화가 난 상태도 아니었다.

어떤 이들은 이런 질문에 직원에게 면박을 주기도 한다.

고객이라는 우월적인 지위를 이용해서 제 스트레스를 약자인 점원들에게 푸는 몰지각한 이들도 의외로 많다.

"아, 예."

비닐봉지 하나를 부탁한 현성은 거기에 물건을 담고 밖으로 나왔다.

반지하식 구조인 마트라 인도로 가기 위해선 계단을 밟고 올라가야 한다.

마지막 계단에 선 현성이 막 인도에 발을 옮기려던 찰나 우측에서 비명이 폭음처럼 터져 나왔다.

걸음을 멈춘 현성은 고개를 돌렸다.

사람들이 비명의 진원지로 흡사 물살처럼 우르르 몰려가고 있었다.

현성의 뒤를 따라나오던 수다쟁이 아주머니들도 사람들이 몰려 있는 곳을 향해 종종걸음으로 걸어갔다.

잠시 그쪽을 보던 현성 역시 호기심이 동한 듯 그곳을 향해 걸음을 옮겼다.

그곳은 추락사 현장이었다.

"우웁!"

"헉!"

"투신자살인가 봐. 어휴, 끔찍해."

십 대로 보이는 소년이 붉은 핏물 위에 누워 있었다.

내장이 밖으로 나오고 머리가 짓뭉개진 끔찍한 모습이었다.

청소년의 자살 문제는 어제오늘의 일은 아니다.

학교와 가정이 나서서 그들의 문제를 보듬고 풀어줘야 하지만 학생들에게 가장 가까운 그 공동체는 제 본연의 기능을 망각해 버린 지 오래다.

인성을 말살해 버리는 현대의 교육과 뿌리 없는 정부의 교육 정책의 폐단을 비난하면서도 어쩔 수 없이 따라가는 부모들. 우리의 아이들은 그 사각지대에 놓여 경쟁과 이기심만 배우고 있었다.

이런 상황에 또래 집단에까지 버림받고 멸시받는 아이들은 과연 어디로 가겠는가.

하얗게 질린 얼굴로 사람들이 경찰과 119에 신고하느라 야단법석을 떨었다.

지나가는 차량들도 멈추어 서서 무슨 일인가 확인하느라 때 아닌 정체가 빚어졌다.

그러다 아이의 시체를 보곤 허옇게 질린 얼굴로 도망치듯 차를 몰고 가버렸다.

그때 누군가 의문이 깃든 목소리를 나지막하게 흘렸다.

"이상하네? 여긴 고층 건물이 없는데?"

과연 이 남자의 말대로 주변엔 소년이 뛰어내려 온몸이 박살 날 만큼 높은 건물은 없었다.

물론 도심에서 높은 건물을 찾는 건 일도 아니다.

당장 맞은편 차도에도 10층 이상의 빌딩이 즐비하다. 하지만 사건 현장 주변에는 그러한 빌딩이 없다.

설마 저 맞은편 건물에서 뛰어내렸는데 여기까지 왔을까? 그건 상식적으로 불가능한 일이다.

소년은 활공에 필요한 장비들을 전혀 갖추고 있지 않았으니까.

인근 지구대에서 경찰들이 출동했다.

주변은 사이렌 소리로 더욱더 소란해졌다.

경찰들의 본격적인 통제가 시작되었다.

사람들은 앞서 본 끔찍한 소년의 사체를 잊기 위해 진저리를 치며 물길을 만난 강물처럼 흩어졌다.

현성 역시 그 무리에 섞여 현장을 떠났다.

현성은 막다른 골목으로 들어갔다.

이곳은 늦은 밤 취객의 노상 방뇨 장소로, 혹은 불량 청소년들이 만남의 장소로 자주 애용하는 도심의 사각지대다.

그러한 곳에 발길을 옮긴 현성은 자신을 주시하는 시선이 없음을 확인하자 그 자리에서 꺼지듯 사라졌다.

팟!

스킬러. 현성 역시 세간의 화제로 급부상한 그들 중 하나였다.

그의 능력은 공간 이동.

*　　　　*　　　　*

띠리리리릭, 띠리리리릭.

알람 시계가 울리자 현성은 눈을 비비며 침대에서 상체를 일으켰다.

멍한 정신을 수습하고 침대에서 내려와 냉장고로 곧장 향했다.

현성은 중학교 2학년 때 학업을 중단한 이후 지금까지 홀로 살아왔다.

그의 부모님은 장의 용품을 판매하는 가게를 했다.

풍족하지는 않았지만 한 가족이 먹고살기에는 어려움이 없었다.

그러던 현성이네에 먹구름이 드리운 건 그의 나이 아홉 살 때였다.

현성의 어머니가 교통사고로 목숨을 잃은 것이다.

아내를 몹시 사랑한 현성의 부친은 술로 세월을 보내다 간암으로 그 생을 마감했다.

그때 현성의 나이는 고작 열다섯 살이었다.

냉장고 문을 연 현성은 계란 두 개를 꺼내어 프라이를 한 뒤 고추장과 함께 밥을 비벼 먹었다.

식사 시간은 십 분도 걸리지 않았다.

욕실에서 대충 씻고 옷을 갈아입은 현성은 직장으로 향했다.

스물두 살의 청년은 그의 부모님이 그러했듯 장의 용품 판매점을 하고 있었다.

어릴 때부터 봐온 게 이것이었고, 이 일 외에는 밥벌이를 할 수단도 없었다.

그의 직장은 아래층에 있다.

그래서 현성은 출퇴근의 고달픔을 알지 못한다.

드르륵.

낡은 창 미닫이문을 열고 외문을 틀에서 빼내어 가게 안에 들여놓은 현성은 청소를 시작했다.

그의 가게 맞은편 빵집 주인이 현성을 못마땅한 표정으로 쏘아본다.

빵집 맞은편이 음침한 장의 용품 판매점이다 보니 싫어하는 건 당연했다.

가게가 외관상으로라도 깨끗하면 모르겠지만 척 봐도 낡고 오래되어 흉가 체험단이 찾아올 분위기다.

특히 비바람이 치는 밤에 현성의 가게를 보노라면 섬뜩함마저 들게 한다.

현성은 빵집 주인의 노골적인 시선을 외면했다.

몇 년간 지속한 일상에 일일이 반응하는 자가 없듯, 현성에게도 맞은편 빵집 주인의 시선은 이제 일상의 한 부분이 된 지 오래였다.

햇살이 잘 드는 자리에 앉은 현성은 책을 펼쳐 들었다.

현성의 가게는 거의 파리만 날린다.

월세를 줘야 했다면 망해도 벌써 망했을 것이다.

하지만 가게가 있는 건물이 현성이의 것이라 월세 걱정은 없었다.

여기다 부모님이 남겨주신 현금과 땅도 있었다.

얼마 전 그 땅은 팔아치워 현금화해서 은행에 모조리 넣었다.

매달 발생하는 은행 이자만으로도 현성은 충분히 먹고 살 수 있었다.

그럼에도 돈도 안 되고 사회적 인식도 별로인 이 일을 하는 것은 몸과 마음이 편하다는 이유 단 하나뿐이었다.

"안녕하세요, 오빠."

이 동네에서 현성을 아는 척하는 이는 거의 없다.

나지도 않는 시체 썩은 냄새가 난다나 뭐라나. 물론 현성의 성격상 사람들의 이런 기피는 전혀 관심 밖이었다.

자신만 귀찮게 하지 않으면 된다는 주의다.

그런 현성에게 먼저 다가와 인사하는 사람이 있었으니, 바로 이 여고생 유아연이다.

학일 상업고등학교에 재학 중인 아연은 술주정뱅이 아버지와 세 살 어린 여동생과 살고 있다.

경제적 능력이 전무한 그녀의 아버지는 알코올중독자인데 얼마 전 요양소에 들어간 상태였다.

때론 가족이 사채업자보다 더 악랄하고 무서운 경우가 있는데 아연에게 아버지가 그러한 경우였다.

요즘 그녀의 얼굴에 화색이 도는 이유는 아버지의 폭언과

폭행으로부터 자유로워서였다.

"그래, 가봐라."

현성의 태도는 늘 그렇듯 무심하고 무뚝뚝함으로 일관했다.

이는 장의 용품을 사러 온 손님에게도 마찬가지다.

아연은 현성의 이러한 태도에도 불구하고 매번 그에게 먼저 인사를 건네왔고, 가끔은 가게 청소도 해주었다.

이는 현성에 대한 아연의 은혜 갚음이었다.

"죄송한데 부탁이 있어요."

현성은 눈살을 찌푸리며 책에 고정된 시선을 그제야 아연에게 옮겼다.

"네가 내 가족이냐?"

"아뇨."

"친구냐?"

"오빠는 친구 없잖아요."

농담처럼 들리지만 아연의 말처럼 현성은 친구가 없다.

그러니 어찌 들으면 상대에게 상처가 될 수 있는 진실이다.

하지만 현성은 이에 상처받지 않는다.

그는 이제까지 살아오면서 단 한 번도 친구의 필요성을 느끼지 못했다.

그건 지금도 마찬가지다.

현성의 성격을 나름 파악했기에 아연도 이처럼 말할 수 있었다.

아마 현성 본인보다 아연이 그에 대해 더 잘 알고 있을지도 모른다.

"상처 주려는 거냐?"

"그런 일로 상처받을 분이 아니란 건 소녀도 안답니다."

하얀 얼굴에 날씬한 몸매의 아연은 이 동네에서 알아주는 미소녀다.

그렇다 보니 그녀를 노리고 접근하는 또래 남자나 연상의 남자들이 많다.

늑대로 득시글거리는 이 정글에서 아연은 스스로를 지켜왔다.

그러던 어느 날, 몸가짐을 바로 하며 살던 아연에게 검은 마수가 찾아들었다.

동네에서 양아치 짓을 하던 녀석들이 아연을 욕보이려 한 것이다.

그때 그곳을 지나가던 현성이 아연을 놈들의 손에서 구해냈다.

참고로 현성은 싸움을 굉장히 잘하는 편이다.

그때부터 아연은 현성을 오빠라 부르며 살갑게 다가왔다.

겉으론 무뚝뚝하고 무심하게 구는 현성이었지만 이런 아연이 싫지는 않았다.

그래서 그는 그녀의 통학 시간에 맞춰 매일 가게 문을 열었다.

아연을 알기 전, 그의 가게는 오픈 시간이 일정하지 않았다.

"성가신 녀석."

현성은 다시 책으로 눈길을 돌린다.

하지만 그의 귀는 아연의 부탁에 귀를 열어두고 있었다.

"저… 희연이 문제로 오빠한테 의견을 구할 게 있어요. 집에 어른이 없다 보니까 상의드릴 사람이 없어서요."

현성은 아연을 힐끔 보았다.

그녀에게 꽤나 곤란한 일이 발생한 것 같았다.

아니, 그녀의 여동생 희연에게.

참고로 아연과 달리 희연은 현성을 달가워하지 않았다.

술주정뱅이 아버지와 제 언니를 바라보는 남자들의 음흉한 시선 탓이다.

희연은 남자에 대한 두려움과 경멸을 갖고 있는 여중생이었다.

이는 현성도 알고 있는 부분이다.

"그러든지."

퉁명한 그의 대꾸에 아연이 활짝 웃으며 연방 허리를 숙여 감사의 인사를 전했다.

"오빠, 그럼 나중에 뵐게요. 오늘은 아르바이트가 없어서 일찍 올 거예요. 이따 봐요. 헤헤."

낡은 운동화와 가방은 아연의 경제 사정을 말해주고 있었다.

매번 저 낡은 물건들이 현성의 눈에 거슬렸다.

'귀찮은 건 질색인데.'

내심 투덜거린 현성은 책을 덮어버렸다.

책을 읽고 싶은 마음이 싹 달아나 버렸기 때문이다.

TV를 켜자 어제 현성이 목격했던 투신 사건에 대한 뉴스 자막이 보였다.

그리고 요즘 세상을 뜨겁게 달구고 있는 스킬러에 관한 정부의 조치가 보도되고 있었다.

정부는 스킬러의 자진 신고 기간을 이달 말까지로 정했습니다.

관공서마다 창구를 마련했으니, 스킬러들은 최대한 빨리 신고해 주시기 바랍니다.

이후에 발견되는 스킬러에 대해 정부는 스킬러 법을 적용해 불이익을……

매일 같은 내용의 뉴스가 최근에 앵무새처럼 반복된다.

거리마다, 관공서마다 자진 신고를 독촉하는 현수막이 걸려 있다.

이를 볼 때마다 현성은 이러한 것들이 마음에 들지 않았다.

타인의 일이라면 그냥 넘겨 버릴 일이지만 자신 역시 스킬러 중 하나이기 때문이다.

전 세계인들을 방문한 의문의 카드. 현성 역시 그 카드를 만진 이후에 능력을 얻게 되었다.

하지만 이 편식쟁이 카드는 전 인류에게 골고루 그 힘을 선물하지 않았다.

그렇다고 극소수에게만 주지도 않았다.

모르긴 몰라도 꽤나 많은 수의 사람들이 스킬러의 능력을 갖고 있을 터였다.

이렇듯 어중이떠중이가 능력을 가지게 되니, 각자의 상황을 새롭게 생긴 능력으로 해결해 보려 했을 것이다.

미스터리 사건 사고가 빈번히 발생한 것도 다 그 때문이리라.

'들키지만 않으면 상관없겠지.'

모르긴 몰라도 현성과 같은 생각을 하는 스킬러도 적지 않을 것이다.

하지만 이미 밝혀진 스킬러들은 싫든 좋든 정부의 통제를 받아들여야 한다.

그렇지 않으면 불이익이 따를 테니.

상동 고등학교 1학년생인 최동석은 사회적으로 문제가 되고 있는 왕따다.

그는 성적도 바닥권이고 가정 형편도 좋지 못한 데다 몸까지 비만이라 모두가 그를 업신여기고 괴롭혔다.

그랬던 동석이 최근 자신감을 되찾았다.

스킬러 카드를 통해 힘을 얻고 난 후부터였다.

동석은 자신이 가진 힘을 복수를 위해 사용했다.

제일 먼저 그는 평소 자신을 대놓고 무시하고 모욕했던 선생님을 반장의 의식을 조종하여 칼로 찌르게 했다.

이 일로 학교가 발칵 뒤집어졌다.

사회적으로 스킬러 문제가 두드러지면서 상동 고교에서 발생한 이 사건은 외부에 알려지지 않았다.

물론 일부 학생들의 입을 통해 그날의 사건이 주위에 퍼졌다.

하지만 과거처럼 그 파장은 그리 크지 않았다.

모든 이들이 스킬러에 집중해 있었기 때문이다.

"야, 퍼진 하마."

수업을 마치고 집으로 돌아가는 길에 동석은 학교 일진들에게 가로막혔다.

이전이라면 이런 상황에 오줌을 지릴 만큼 겁을 먹었을 테지만 스킬러의 능력을 가진 지금은 오히려 이 상황을 즐기고 있었다.

동석의 앞길을 막아 세운 일진은 세 명.

"왜?"

일진 녀석들은 동석이 이전과 달리 자신들을 똑바로 바라보고 또렷한 음성으로 대꾸하자 기분이 나빠졌다.

한 아이가 동석의 멱살을 빨래 짜듯이 뒤틀어 잡았다.

"이 새끼가 뒈지려고 스텝을 밟는구나, 밟아. 오늘 한번 제대로 밟혀볼래? 앙."

히죽.

다른 이들이 볼 수 없는 조소를 동석은 제 멱살을 쥐고 있는 녀석에게 보였다.

동석의 멱살을 잡고 있던 녀석의 얼굴이 잔뜩 일그러지기 시작했다.

"야! 이 자식 안 되겠다. 곱게 보내주려고 했더니. 아지트로 끌고 가자. 오늘 이 새끼 제대로 푸닥거리 좀 해야겠어."

녀석의 말에 나머지 둘이 동석을 좌우에서 포위했다.

동석은 이들이 말한 아지트로 순순히 끌려갔다.

아니, 제 발로 걸어갔다.

도로가에서 멀지 않지만 인적이 뜸한 음침한 주차장. 이곳이 놈들의 아지트였다.

동석의 멱살을 잡았던 아이가 그의 허리를 발로 밀어 찼다.

철퍼덕.

바닥에 주저앉은 동석은 킬킬거렸다.

섬뜩한 웃음이다.

세 녀석은 잠시 움찔했다.

아무리 봐도 동석이 평소와 너무도 달랐기 때문이다.

요즘 화제가 되고 있는 것은 초능력자를 대표하는 단어가 된 스킬러다.

순간 세 아이는 '동석도 스킬러 중 하나가 아닐까?' 라는 생각을 했다.

이 세 아이 역시 스킬러 카드를 받았지만 다들 카드의 선택은 받지 못했다.

일반인과 다른 인간의 등장은 기존의 인간들에겐 분명 꺼림칙한 일이다.

그건 힘으로 남을 괴롭히는 일을 재미로 삼는 이들에겐 더욱더 그러하다.

만약 왕따 최동석이 스킬러라면? 이러한 생각은 세 아이의 얼굴에 두려움을 피어올렸다.

"저딴 새끼가 스킬러일 리가 없잖아. 보나 마나 우리 겁주려고 쇼하는 거야. 내가 저 새낄……"

동석의 멱살을 잡아 여기까지 끌고 왔던 아이가 돌연 손가락으로 제 눈을 푸욱 찔렀다.

엽기적인 그 행위에 모두가 깜짝 놀랐다.

놀라지 않는 이는 동석뿐이다.

"크아아악!"

이 아이를 시작으로 나머지 두 아이도 제 의지와 상관없이 자기 눈을 스스로 푸욱 찔렀다.

"아아아악!"

"내 눈… 내 누우우우운!"

세 아이는 안구가 터져 영원히 실명했다.

이 모든 게 악의적인 감정에 휩싸인 동석의 작품이다.

동석은 시계를 보았다.

디지털 초시계다.

스킬러의 능력은 1일 1분이다.

이는 지속 능력에 한해서다.

참고로 공간 이동 능력자인 현성은 횟수 능력으로 분류할 수 있다.

1일 1회.

동석은 녀석들의 실명 상태에 만족하지 않았다.

그는 세 아이의 의지를 조정하여 대로를 향해 곧장 내달리게 했다.

세 녀석은 차들이 쌩쌩 달리는 차도를 향해 뛰어들었다.

갑자기 튀어나온 세 아이는 달려오던 버스와 트럭과 자가용에 잇따라 부딪치고 밟힌 후에 차량과 차량 사이에 끼였다.

참으로 끔찍한 죽음이었다.

보도의 행인들이 비명을 지르며 현장으로 몰려들었다.

주변은 몰려드는 사람들로 인해 금세 아수라장이 되었다.

인파 속에는 동석도 보였다.

'네놈들이 그랬지. 약한 게 죄라고. 그래, 너흰 약해서 죄를 받은 거야. 잘 가라, 더러운 양아치 새끼들아.'

하지만 동석의 가슴속에 맺힌 응어리는 여전히 풀어지지 않았다.

세상은 너무 많은 악당을 동석에게 만들어주었다.

빵·빵·빵!

애애애애애애앵―!

삐뽀, 삐뽀삐뽀.

와글와글.

세상은 다시 소음에 묻혔다.

＊　　　＊　　　＊

자장면 한 그릇과 군만두 한 접시. 단무지는 늘 그렇듯 부족하다.

현성은 냉장고에서 단무지를 꺼내 왔다.

조금씩 깨물어 먹는 단무지보단 큼지막한 걸 통째로 입에 넣고 와삭와삭 씹는 걸 좋아하다 보니 점심때 매일 먹는 자장면을 위해 그는 단무지 한 통을 늘 냉장고에 비치하고 산다.

그가 마트에 가는 중요한 이유 중 하나가 바로 이 단무지 때문이라면 믿겠는가.

묵직한 이것은 차량이 없는 그에겐 귀찮은 짐이었으나 최근에 스킬러의 능력을 얻은 이후엔 소소한 그 부담에서 벗어날 수 있었다.

일상의 편리. 능력을 이런 용도로만 쓴다면…….

"하루도 조용할 날이 없군."

얼굴이 피범벅인 세 소년이 차도로 뛰어들었다는 뉴스가 나왔다.

피해자들은 상동 고교의 학생들이라고 한다.

상동 고교면 현성이 살고 있는 동네와 그리 멀지 않은 학교다.

버스로 세 정거장. 걸어가면 십오륙 분의 거리쯤.

TV에서 사고 현장을 모자이크 처리해 보여주었다.

그런데 바닥을 적신 저 적나라한 붉은색은 왜 모자이크를 하지 않을까? 예쁘게 핑크색으로 하면 좋을 텐데.

장의 용품점을 하고 있는 현성에게는 누군가의 불행은 수입의 발생을 의미한다.

하지만 요즘 같은 세상에 상조 회사나 병원을 끼지 않고 운영하는 장의 용품점을 찾는 고객은 거의 없다.

파리만 날리는 가게 안을 스윽 둘러보는 현성.

남들은 그의 가게 분위기가 음울하고 음습하다고들 한다.

하지만 현성에게 있어 이곳은 자신이 마음 편히 살 수 있는 소중한 공간이었다.

인테리어와 구조 변경이 필요하긴 하지만 주인이 마음에 든다는데 그 무슨 상관이랴.

후루룩, 쩝쩝.

드르륵.

'뭐지?'

현성의 가게를 찾아온 손님.

자장면을 입안 가득 넣고 우물거리던 그는 우울한 표정의 아주머니를 보며 두 눈만 끔뻑거렸다.

손님을 받은 지 너무나 오래되었기에 저 여자가 손님인지, 아니면 영업 사원인지 알 수가 없어서다.

영업 사원이면 냉랭하게 가라고 해야 할 것이고, 손님이면…….

끔뻑끔뻑.

"조등을 사러 왔는데요. 있나요?"

아주머니는 현성이 자신보다 어린 것을 알았지만 말을 낮추지 않았다.

그녀의 옷차림은 허름했지만 말씨와 눈빛은 명품을 두르고 다닐 귀부인 같은 느낌이었다.

꿀꺽.

입안을 가득 채웠던 자장면을 목구멍으로 밀어 넣고 현성은 일어났다.

무심한 표정과 무뚝뚝한 말투가 현성의 특징이다.

하지만 그걸 시도 때도 없이 유지하지는 않는다.

"손님이십니까?"

오랜만에 가게에 찾아온 손님이다 보니 현성은 무척이나 낯선 느낌을 받았다.

현성의 태도에 아주머니가 약간 당황한 듯 보인다.

하지만 곧 그녀는 자신이 이 가게의 물건을 팔아줄 손님임을 차분하고 조금은 슬픈 어조로 나타냈다.

현성은 빙긋 웃으며 그녀에게 자리를 권했다.

"여기 앉으세요. 차라도 한잔 드릴까요?"

"아, 아뇨. 조등만 사려고 왔어요."

조등이란 상가(喪家)임을 표시하는 등을 말함이다.

현성은 지하 창고로 내려가 조등을 가져왔다.

보통 문 양쪽에 달다 보니 두 개가 세트다.

"가격이 얼만가요?"

여자는 깐깐하지 않았다.

물건을 만져 본 뒤 그녀는 격조 있는 음성으로 가격만 조심스레 물어봤다.

"오만 오천 원입니다. 저희 가게는 카드 결제가 안 됩니다."

낡고 오래된 가방에서 여자가 돈을 꺼낸다.

다수의 천 원짜리와 오천 원짜리 두 장, 그리고 꾸깃꾸깃한 한 장의 만 원짜리다.

아주머니는 좀 부끄러운 듯 얼굴을 붉혔다.

현성은 이 돈에 아주머니의 시간과 피땀이 고스란히 담겨 있음을 느낄 수 있었다.

돈에 수질을 매긴다면 이런 돈이 일급수가 아닐까 싶다.

조등 가격을 잔돈까지 합쳐 겨우 맞춘 아주머니가 조금은 미안한 표정으로 말했다.

"번거롭게 해서 미안해요."

"아뇨, 잠시만요. 포장해 드릴게요."

"저기, 총각."

"예."

"배달은 안 되겠죠?"

자장면 한 그릇도 배달되는 세상에 어찌 5만 5천 원짜리 물건이 배달되지 않겠는가.

"주소와 전화번호 적어주세요. 오늘 안으로 배달해 드리겠습니다."

펜을 잡은 아주머니의 손이 수전증에 걸린 듯 떨리고 있었다.

꼬불꼬불한 글씨체로 겨우 주소와 전화번호를 적었다.

그러고 보니 아주머니의 안색도 그리 좋지 않아 보였다.

'가족 중에 누가 돌아가신 것일까?' 라는 생각을 했던 현성은 이어진 그녀의 말에 불길한 짐작을 하지 않을 수 없었다.

"저, 총각. 혹시 제일 싼 수의 가격이 얼만지 알 수 있을까요?"

가끔 가난한 노인들이 현성의 가게를 찾는다.

외관이 허름하다 보니 '다른 곳보다 물건이 더 싸지 않을까?' 라는 생각에서 말이다.

뭐, 현성이야 물건을 팔아서 먹고사는 입장이 아니다 보니 상대의 형편을 고려하여 원가에서 조금만 남기고 팔기도 한다.

그럼에도 그의 가게에서 물건을 사가는 사람은 거의 없다.

수의 가격은 천차만별이다.

싼 것은 단돈 몇 만 원에 살 수도 있고 비싼 건 천만 원이 넘는 것도 있다.

형편에 맞게 사야 하지만 어떤 이들은 제 사정은 고려하지 않고 고가의 것을 찾기도 한다.

저승 가서 수의로 유세 떨 것도 아닌데 말이다.

아주머니는 개중 가장 싼 값의 수의를 골랐다.

며칠 후에 오겠다며 쓸쓸히 말하고 그녀는 등을 돌렸다.

조금은 위태로워 보이는 아주머니의 뒷모습을 현성은 한참 동안 응시했다.

"아연이 오기 전에 배달하고 와야겠군."

맞은편 빵집 가게 사장이 문가에 서 있는 현성을 본다.

그의 마수걸이에 배가 아픈 표정이 역력하다.

참고로 현성은 맞은편에 빵집이 있지만 그곳에선 단 한 번도 빵을 사지 않았다.

빵이 먹고 싶으면 이곳에서 떨어진 빵집까지 걸어가서 사온다.

그리고 자랑하듯 그 빵집의 봉투를 광고한다.

이러니 이웃 사이가 좋을 리 만무하다.

가게 문을 잠근 그는 조등을 들고 배달에 나섰다.

그 아주머니의 집은 좁고 긴 구불구불한 골목길을 한참이나 올라가야 한다.

이곳이 초행인 자들은 단숨에 미아가 되어버리는 미궁과도 같은 곳이 이 동네다.

다행히 현성은 이곳 지리에 훤했다.

다닥다닥 붙은 초라한 집들. 어른들은 새벽이면 이 좁은 비탈진 길을 사계절 내내 오르락내리락한다.

학교 다니는 아이들 역시 그렇다.

현성에게 살갑게 구는 아연이도 이곳에 산다.

하루하루가 참으로 고단한 이들이 그렇게 모여 사는 달동네 빈민가다.

학교에 다니지 않는 아이들은 끼리끼리 모여 좁은 골목에서 놀거나 헐벗은 뒷산에서 제 맘에 맞는 놀이를 찾아 놀곤 한다.

이 무리에도 끼지 못하는 어린아이들은 제 부모에 의해 작은 집에 갇혀 창문에 매달려 하염없이 창밖만 바라본다.

부모 입장에선 아이를 지키기 위한 행동이지만 아이에겐 그저 답답하고 외로운 감옥일 뿐이다.

그렇게 앉아 지나가는 사람 하나 없는 골목을 멍하니 보며 매일 퇴근하는 부모를 기다리는 아이들은 낯선 누군가가 골목에 나타나자 다들 창문에 조그마한 제 얼굴을 붙였다.

현성은 작은 아이들의 초롱초롱한 그 눈을 본 뒤 다리를 툭툭 치며 걸었다.

"킥킥, 크하하하하."

정신이 외출 나간 듯한 웃음소리가 골목 모퉁이에서 들려온다.

무슨 일인가 싶어 쳐다볼 법도 한데 현성은 그 방향으론 시선조차 주지 않았다.

하지만 그 방향이 배달 가는 길목이라 가지 않을 수 없다.

비만의 소년이 대문 앞에 나와 앉아 있었다.

그 소년은 자신을 괴롭히던 일진 세 명에게 최면을 걸어 차도로 돌진하게 만든 최동석이다.

낯선 그림자를 본 동석은 흠칫했다.

경계심이 가득한 그의 눈빛은 가시를 세우기 선의 고슴도치 같다.

현성은 대문을 본다. 낡은 우편함에 매직으로 쓰인 주소가 보인다.

"당신 뭐야?"

동석이 먼저 시비조로 현성에게 말한다. 아니, 시비조라 말하기엔 그 표정과 목소리에 긴장감 같은 게 담겨 있었다.

"여기가 정양옥 씨 댁입니까?"

동석의 눈길이 현성이 든 봉투에 간다.

봉투에 '극락 장의 용품점'이라고 싸구려 잉크로 찍은 상호가 적혀 있다.

통학로에 현성의 가게가 있었기에 동석 역시 이곳을 알고 있었다.

"그런데요. 무슨 일입니까?"

처음엔 낯선 자에 대한 경계심이 보였다면 지금은 불안과 걱정이 동석의 얼굴에 드러나고 있었다.

"정양옥 씨가 주문한 물건을 배달 왔습니다."

"장의 용품점에서 무슨 배달을……?"

동석은 말끝을 흐렸다.

정양옥은 동석의 어머니로, 두 모자만 이곳에 산다.

최근 동석은 어머니의 건강이 악화된 것 같아 내심 걱정이 컸다.

한데 어머니가 장의 용품을 배달시켰다고 하니 덜컥 겁이 났다.

"정양옥 씨와는 어떤 사이입니까? 물건을 넘겨 드려야 하는데."

"어머닌데요."

시무룩한 표정으로 대답한 동석은 종이봉투를 받는 게 싫은 듯 손을 뒤로 감추었다.

한두 번 겪는 일도 아니다.

현성은 평소의 모습으로 봉투를 동석에게 건넸다.

짙은 그늘이 담긴 표정으로 동석은 봉투를 받아들었다.

동석의 얼굴을 힐끗 본 현성은 곧장 발길을 돌렸다.

그때 현성이 올라온 골목으로 말쑥한 차림의 일남일녀가 올라오고 있었다.

남녀는 현성 뒤에 서 있는 동석을 예의 주시하며 다가왔다.

"최동석 군이 누구지?"

남자가 말했고, 그와 함께 온 여자는 동석을 바라보고 있었다.

현성은 한 발 옆으로 물러서며 턱짓으로 동석을 가리켰다.

쓸데없는 일에 휘말려 자신의 평온한 생활을 방해받고 싶지 않아서다.

"자네는 동석 군의 가족인가?"

동석은 남녀의 출현 이후 불안정한 모습을 보였다.

하지만 그가 달아날 곳은 없었다.

이를 알기에 남녀는 서두르는 기색이 없어 보였다.

남자의 물음에 현성은 고개를 내서으며 말했나.

"아닙니다. 한데 당신들은 누굽니까?"

고객의 아들이다. 거기다 청소년이다.

그렇다 보니 아예 무시하고 가버리기에는 정양옥의 얼굴이 현성의 눈에 아른거렸다.

"아니라면 됐어. 그만 가보게."

남자는 더 이상 현성에게 관심을 보이지 않았다.

일남일녀가 동석을 정면과 측면에서 압박해 들어갔다.

생각에 잠겼던 현성이 남자의 앞길을 막아선다.

내심 '귀찮아지는 거 아냐?'라는 불평을 조금 했지만 그의 표정은 예의 그 무심함에 가려 드러나지 않았다.

"신분을 먼저 밝히시죠."

남자가 현성의 위아래를 훑어보았다.

그 눈빛에 현성은 기분이 나빠졌지만 이런 사소한 일에 주먹다짐을 할 만큼 그의 수양은 낮지 않다.

품속으로 손을 넣은 남자가 제 신분증을 꺼내어 현성에게 보여준다.

국정원 특수국 요원, 박상철.

TV 드라마, 혹은 뉴스에서 자주 언급되는 기관이 국정원이다.

그 뒤에 붙어 있는 특수국이 뭐하는 곳인지는 모르겠지만 그들의 조직도를 자세히 알지 못하는 현성으로서는 상대가 국가 공무원이란 사실에 멈칫할 수밖에 없었다.

'특수국? 그건 뭐하는 부서인데 저 꼬맹이를 잡아가려는 거지?'

현성의 의문은 당연하다.

설마 최동석이란 아이가 간첩일 리는 없다.

그렇다고 산업 스파이… 가당치도 않다.

그럼에도 국정원에서 나온 자들이 저 아이를 잡아가려는 것은 필시 그만 한 이유가 있음이다.

그게 뭘까? 현성의 생각은 오래가지 않았다.

평범한 아이. 하지만 저 아이가 스킬러라면!

그러고 보니 얼마 전 외국에서 스킬러 범죄를 전담하는 수사 팀이 창설됐다는 보도를 접한 바 있었다.

'아마 그와 유사한 곳이 국정원 특수국이란 곳이 아닐까?'라고 현성은 짐작하며 옆으로 한 걸음 비켜섰다.

그러다 곧 저들이 가짜일지도 모른다는 생각이 들었다.

최동석이 생판 남은 맞지만 고객의 아들이란 점에서 아예 모른 척하기가 찜찜해진 현성은 상대의 신분을 확실히 알아야겠다는 생각을 굳혔다.

가까운 파출소만 가도 금세 알 수 있는 내용.

"됐나?"

"신분증이 가짜일 수도 있지 않습니까?"

동석이 이 자리에서 의지할 사람은 현성밖에 없었다.

스킬러의 능력을 사용한 후였기에 내일이나 되어야 동석은 자신의 능력을 사용할 수 있었다.

그러니 여기 있는 동석은 연약한 비만 청소년일 뿐이다.

동석이 현성의 뒤로 몸을 숨긴다.

"흐음, 우리 신분이 의심스럽다면 함께 가도 좋아. 갈 텐가?"

국정원 요원을 따라갈 배포를 가진 대한민국 국민이 과연 몇이나 될까? 현성 역시 저들을 따라 국정원 안가로 가고 싶은 마음은 없었다.

그러니 앞서 생각한 대로 가까운 파출소에 가서 저들의 신분만 확인하면 된다.

"파출소에 들러 신분만 확인해 주시면 됩니다."

"흐흠, 좋아. 이인경 요원은 그 아이 체포해."

현성은 눈살을 찌푸렸다.

하지만 자신이 앞서 생각한 게 맞는다면 이 일은 개입해선 안 될 일이었다.

국가 권력기관과 일개 개인이 싸워 봐야 손해는 개인이 다 짊어져야 한다.

자신의 도리는 저들의 신분을 확인하는 것까지다.

이리 생각한 현성은 최동석의 체포를 방해하지 않았다.

이인경이 동석에게 접근하자 동석이 그녀를 밀쳤다.

넘어진 이인경이 동석을 향해 소리쳤다.

그러자 달리던 동석은 마치 석상이라도 된 듯 그 자리에서 꿈쩍도 하지 않았다.

이에 현성이 두 눈을 끔뻑거리자 박상철이 그의 어깨를 툭 툭 치며 말했다.

"그녀는 스킬러야. 물론 나도 그렇고."

국정원 특수국. 현성은 그제야 특수란 관형어가 '국' 앞에 들어간 이유를 알 수 있었다.

현성이 이인경을 본다. 이십 대 초중반으로 보이는 여자는 170센티미터쯤 되어 보이는 훤칠한 키와 까무잡잡한 건강한 피부를 지니고 있었다.

인물도 그만 하면 어디 가도 빠지지 않을 것이다.

잔뜩 겁을 집어먹은 동석이 도와달라며 고래고래 소리를 지른다.

하긴, 제 의지와 상관없이 몸이 움직이지 않으니 겁이 날 만도 하다.

더욱이 체포되어야 하는 입장이니.

제2장

스킬러 자매

인경은 동석의 손목에 수갑을 채웠다.

1분이 지났는지 동석은 그제야 자유로울 수 있었다.

현성이 보기에 인경의 스킬러 능력은 상대를 꼼짝 못 하게 하는 능력 같았다.

제 눈으로 직접 다른 스킬러의 능력을 보긴 이번이 처음인 현성이다.

그래서 무척이나 신기하게 다가왔다.

끌려가던 동석은 현성을 간절한 시선으로 바라보았다.

하지만 현성이 그를 위해 할 수 있는 것은 아무것도 없었다.

"그래도 파출소에 가서 당신들 신분은 확인해야겠습니다."

"가지."

"상철 오빠, 우리가 저 사람을 납득시킬 이유는 없잖아."

"선량한 국민이 요구하는 일이잖아."

"알았어요. 뭐, 돌아가는 길도 아니니까."

낯선 사람들이 우르르 내려오자 어린아이들이 창문에 붙어 구경을 했다.

그 모습에 인경이 눈살을 찌푸리며 한마디 한다.

"아동 학대가 심하네요. 어떻게 애들을 저리 방치할 수가 있죠. 아무리 먹고살기가 바빠도 그렇지. 쯧쯧."

이 동네에 사는 사람들의 처지를 모르는 상태에서 겉으로 보이는 모습은 눈살을 찌푸리게 할 만하다.

하지만 자식을 가두어두고 일터로 나가는 부모는 좋아서 저리했겠는가.

어린이집에 맡길 형편이 안 되다 보니 다들 제 가슴에 비수 꽂는 심정으로 이리들 한다.

매일 새벽 일터로 나가는 그들의 모습을 본다면 결코 저리 말할 수 없을 것이다.

"자네, 이름이 뭔가?"

묵묵히 쫓아오는 현성을 돌아보며 박상철이 묻는다.

이 가파른 좁은 길을 내려가려면 아직 한참이다.

현성은 무뚝뚝한 음성으로 대답했다.

"선우현성입니다."

"그렇군. 그런데 스킬러인 우리가 무섭지 않나? 요즘 스킬러에 대한 안 좋은 사건들만 매체들이 경쟁적으로 보도하는 바람에 우리에 대한 일반의 시선이 꽤나 차갑던데."

"제가 당신들을 무서워해야 할 이유가 있습니까? 공무원이라고 하지 않았습니까?"

공무원에 대한 일반의 신뢰라, 글쎄.

상철은 잠시 모호한 표정을 짓다 곧 피식 웃었다.

"그래도 조심하는 게 좋아. 일반인과 스킬러는 차원이 다른 존재니까. 세상엔 우리처럼 법과 정의를 위해 일하는 건전한 공무원 스킬러가 있는 반면, 저 녀석처럼 제 이익을 위해 힘을 사용하는 녀석도 있으니까."

현성은 동석이 연행되어 가는 이유에 대해서 들을 수 있을 것 같았다.

그래서 짐짓 모른 척 물었다.

"무슨 뜻입니까?"

"상동 고교에 다니는 세 아이가 차도로 돌진하여 사망한 이야기를 들어봤는지는 모르겠지만 그 사건과 저 녀석이 깊은 연관이 있지. 아, 일반인에게 이런 이야기를 하면 안 되지만 요즘엔 보기 드문 자네의 정의감에 감탄해서 말해주는 거야."

상철의 대답에 현성은 눈살을 찌푸리며 안절부절못하는 동석을 보았다.

그런 일이라면 녀석은 벌을 받아 마땅하다.

적어도 남을 괴롭혔으면 그에 상응하는 대가를 자신도 받을 각오를 해야 한다.

이것이 현성의 평소 지론이다.

현성은 더 이상 아무것도 이들에게 묻지 않았다.

박상철은 인근 파출소에 들러 현성에게 자신들의 신분을 확인시켜 주었다.

파출소 앞에서 상철은 현성에게 자신의 연락처를 건넸다.

"쟤 어머니와 연락이 되면 이리 전화해 달라고 말씀드려 주게."

대답 대신 고개만 끄덕이던 현성을 한차례 바라보던 상철은 자신들의 차량을 타고 떠났다.

'국정원 특수국이라.'

현성은 작게 뇌까리며 자신의 가게로 다소 무거워진 걸음을 옮겼다.

빵빵빵!

부르르릉.

소음과 사람, 단단한 콘크리트와 사람들의 속을 보는 듯한 시커먼 아스팔트.

눅진한 바닥.

"……?"

현성은 고개를 갸웃거려다.

봄 가뭄에 눅진한 바닥이라니. 어디 상수도라도 터졌나 보다 하고 생각한 현성은 고개를 내저으며 가게로 걸음을 재촉했다.

*　　　　*　　　　*

정부에선 스킬러 전담 수사대가 발족했음을 언론에 공표했다.

또한 스킬러 범죄에 한해서 특별법을 제정하여 일반인 범죄자보다 강도 높은 처벌을 한다는 것도.

이에 인권 단체 등이 형평성을 들어 반대했다.

당연히 이들의 목소리를 비판하는 자들이 속속 등장했다.

세상은 여전히 스킬러로 인해 홍역을 앓고 있다.

그리고 현성도.

'아연과 희연이 스킬러라니…….'

며칠 전 아연이 현성에게 상의할 게 있다고 말했었다.

현성은 그녀의 부탁을 들어주었고 그날 저녁 자매가 나란히 그를 찾아와 자신들이 스킬러임을 밝혔다.

남자에 대해 깊은 불신감을 갖고 있던 희연은 아연의 선택을 못마땅하게 여겼지만 제 언니의 행동을 막지는 않았다.

아연은 스킬러 자진 신고에 대해서 꽤나 걱정하고 있었다.

보호자가 요양소에 있는 아버지 한 분뿐이다 보니 자매는 정부가 자신들의 처지를 만만히 보고 불이익을 줄까 싶어 염려했다.

스킬러가 모종의 장소로 끌려가 생체 실험을 당한다는 소문이 인터넷상에 떠돌고 있었기 때문이다.

가게 문을 닫던 현성은 동작을 멈추고 고개를 산동네 방향으로 돌렸다.

"그 녀석은 어찌 되었을까?"

오랜만에 찾아온 고객, 정양옥. 그녀의 아들이 스킬러의 힘을 악용하여 죄를 지어 잡혀 들어갔다.

현성은 그 사건을 기억했다가 뉴스와 인터넷을 검색했다.

한데 며칠이 지난 지금까지도 최동석에 관한 뉴스는 그 어디에서도 찾아볼 수 없었다.

자잘한 사건이 아님에도.

"현성 오빠!"

아연과 희연이 가게 문을 닫고 있던 현성을 향해 바쁜 걸음으로 다가왔다.

현성에 대한 아연의 신뢰는 대단했지만 언니와 달리 현성을 대하는 희연의 태도는 늘 그렇듯 데면데면하다.

희연의 이러한 태도를 현성은 모른 척했다.

"가게 문 닫으세요? 도와드려요?"

아연은 다른 사람들에겐 새침한 편이다.

하지만 현성에게는 무척이나 쾌활하게 굴었다.

"그래."

현성은 손바닥을 탁탁 털며 자리를 양보했다.

"그거… 빈말인데."

희연이 울상을 지으며 자신의 양손을 들어 보인다.

왼손에 장바구니, 오른손엔 케이크 상자가 들려 있다.

현성이 케이크 상자를 바라보자 아연이 제 여동생을 보며 말했다.

"오늘이 우리 희연이 생일이거든요. 그래서 생일 파티 하려고요."

그녀의 말에 현성이 희연을 본다.

희연은 그의 시선이 싫은 듯 거부감을 드러내며 고개를 옆으로 돌려 버렸다.

어제오늘 일도 아닌 데다 이런 일을 거슬려 하는 성격도 아니기에 현성은 또 모른 척 넘어간다.

"그래, 그렇군. 그런데 오늘 너희 동네 단수라던데."

"예?"

인구 과밀 지역인 산동네이긴 하지만 어찌 된 게 걸핏하면 단수다.

현성의 말에 아연의 얼굴에 당혹감이 어린다.

요리 재료가 있어도 물이 없으면 말짱 꽝이다.

희연은 언니가 큰맘 먹고 자신의 생일상을 차려주기로 한 날 단수가 되자 속이 상한 듯 인상을 찡그렸다.

이를 본 현성이 내심 피식거린다.

"저, 현성 오빠."

"응?"

"저기, 오빠네 주방 쓰면 안 될까요?"

해거름 때다. 곧 어두워진다.

그런데 남자 혼자 사는 집에 소녀 둘이 겁도 없이 들어온다고 한다.

물론 그녀들이 스킬러인 점을 감안하면 어디든 큰 위험은 없겠지만 입소문이 빠른 동네에서 이런 일은 두 사람에게는 분명 안 좋은 일이다.

현성이야 남들이 뭐라 하든 신경 쓰는 성격이 아니니 상관없지만 여자애 둘은 아닐 것이다.

빵집 주인이 이들을 훔쳐보고 있다.

현성에 대한 악의적인 소문의 상당수가 저 빵집 주인에 의해서 나왔다.

안 그래도 장사가 안 되는 현성의 가게는 이로 인해 더 큰 타격… 까지는 아니더라도 뭐, 좋은 결과는 없다.

물론 현성은 이것도 역시 신경 쓰지 않는 시원한 성격의 소유자다.

"허락해 주세요. 예? 깨끗하게 쓸게요. 그리고 덤으로 오빠의 저녁은 공짜예요. 어때요?"

"맘대로 해."

현성은 타인에게 자신의 공간을 허락하지 않는다.

이유는 귀찮아서다.

하지만 이상하게도 아연의 부탁은 좀처럼 거절하지 못한다.

"아! 고마워요. 희연아, 너도 괜찮지?"

산산이 분해될 처지에 있던 자신의 생일상이 다시 기회를 얻었다.

때문일까? 희연도 순순히 허락한다.

양손이 자유로웠다면 여동생의 허락에 손뼉까지 치며 좋아했을 아연이다.

"오빠, 나 2층으로 올라갈게. 정리하고 올라와요."

후다닥.

희연을 남겨둔 아연은 쏜살같이 가게를 통해 2층 현성의 살림집으로 올라갔다.

여긴 서먹한 둘이 남았다.

현성은 가게 문을 닫는 일을 마무리했다.

희연은 그때까지 입구에서 죄 없는 바닥만 툭툭 차고 있었다.

"안 들어가고 뭐해?"

"우리 얘기 다른 사람에게 안 한 거 맞죠?"

희연은 언니가 현성에게 자신들의 비밀을 털어놓은 일을 내내 걱정하고 있었다.

그녀의 걱정은 당연하다.

현성은 무뚝뚝한 음성으로 그녀의 질문에 대한 답을 내려주었다.

"난 친구 없다."

"……."

"들어가자."

현성이 앞장서자 그제야 희연도 마지못한 듯 따라 들어온다. 한데 그 발걸음이 참 가볍다.

이를 본 빵집 사장이 호주머니에서 핸드폰을 빼 들더니 킥킥거리며 112를 누른다.

원조 교제는…… 범죄니까.

                    *   *   *

  경찰이 출동했다. 당연히 그들은 빈손으로 돌아갔다.

  소란스러웠지만 그래도 어렵지 않게 일은 해결되었다.

  그리고 아연의 실력이 발휘된 생일상이 모두 앞에 차려졌
다.

  미역국과 잡채와 두 가지의 밑반찬, 그리고 오늘의 하이라
이트인 케이크까지.

  조촐하지만 파티 기분을 내기엔 충분했다.

  제 집에서 누군가 음식을 해주는 일이 상당히 오랜만인 현
성이다.

  감회가 새로울 법도 한데 늘 있던 일인 양 그는 이를 티 내
지 않았다.

  초에 불이 붙었다.

  아연이 생일 축하 노래를 부른다. 현성은 붕어처럼 입만 벙
긋대다 희연과 눈이 마주치자 마지못해 노래를 불러준다.

  희연이 촛불을 끄자 아연이 준비한 축포를 터뜨렸다.

  귀가 먹먹해진 현성이 새끼손가락으로 귓구멍을 파다 희연
의 눈총을 받고 슬그머니 내린다.

  생일상, 축가, 박수……. 현성에겐 참으로 낯선 것들이다.

  그리고 TV에서가 아닌 현실에서의 웃음소리 역시.

  "오빠, 우리 어떻게 하는 게 좋겠어? 자진 신고 기간이 이제

일주일도 채 안 남았는데."

그녀들의 고민은 현성의 고민이기도 했다.

그도 아직 망설이는 중이다.

그렇다 보니 아연의 질문에 쉽게 대답할 수 없었다.

희연도 현성을 보았다.

현성은 마치 이들의 가장이라도 된 듯한 기분이 들었다.

나쁜 기분은 아니었지만 그렇다고 편안하지도 않았다.

오랫동안 혼자 살다 보니 이런 상황이 익숙하지 않았기 때문이다.

"기간이 좀 남았으니 더 지켜보는 게 좋지 않을까 싶다."

현성이 그녀들에게 해줄 수 있는 대답은 이것이 고작이다.

고위층에 인맥이라도 있다면 뒷구멍으로나마 이를 알아보겠지만 그런 인맥이 현성에게 있을 리 없다.

아연과 희연 자매는 현성이 자신들의 비밀을 지켜주고 여기에 신중하게 충고까지 해주자 든든함을 느꼈다.

아연은 표정에 그것을 드러냈고 희연은 시큰둥한 태도로 그가 자주 집어먹던 반찬을 그의 앞으로 스윽 들이미는 것으로 감사를 대신했다.

표 나지 않는 감사의 표시기에 현성은 이를 눈치채지 못했다.

아연만이 여동생의 태도에 내심 놀라워했다.

"저도 학교에서 친구들이 하는 얘기를 들었는데 다들 무서운 소리만 하더라고요."

실질적인 사회생활은 현성보다 아연이 더 하는 편이다.

학업과 일을 병행하다 보니 만나는 사람이 오죽 많겠는가.

"소문은 소문일 뿐이야."

"그럼 왜 지켜보라고 하세요?"

"매는 먼저 맞으면 아프니까."

"…? 그 말의 반대 아닌가요?"

아연이 제 입술에 검지를 대며 고개를 갸웃한다.

희연은 언니가 현성 앞에서 어리광에다 예쁜 척을 더하자 그 모습이 매번 낯설게 다가왔다.

하지만 언니에게도 위로와 안식이 될 사람은 있어야 한다고 생각했기에 현성에 대한 언니의 태도가 마음에 들지 않으면서도 한편으론 이해하려고 노력했다.

또 현성이 그리 나쁜 인간은 아니라는 점을 느끼고 있었기 때문이다.

"뭐든 상관없지. 어쨌든 좀 더 지켜보는 게 좋을 것 같아."

"아, 맞다. TV 좀 켤게요."

채널을 몇 번 움직이던 아연은 연예인들의 일상을 보도하는 프로그램에 멈춘다.

현성은 연예인에 대한 관심이 전혀 없었기에 간혹 채널을 돌리는 중 볼 뿐이다.

나름 중대한 이야기를 하는 도중 아연이 TV를 켜자 현성은 이상히 여겼다.

연예가뉴스의 창일호입니다. 요즘 스킬러에 관한 일로 전 세계가 혼란스러워하는데요. 그 일은 연예계도 예외가 아니었습니다. 여러분, 레디핑크의 멤버 서지호 씨가 스킬러임을 밝혔습니다. 그녀는 모레, 거주지 관공서에 들러 자진 신고를 할 것이라 합니다. 현재 그녀는 외부와의 접촉…

현성은 그제야 아연이 갑자기 TV를 켠 이유를 알 수 있었다.

하긴, 유명인이나 비유명인이나 가릴 것 없이 찾아온 것이 그 의문의 스킬러 카드다.

그러니 연예인 중에도 스킬러가 없을 리 없다.

이는 정치권이나 재계에서도 마찬가지일 것이다.

문제는 이들에 대한 보도가 거의 없는 것으로 미루어볼 때 그들 역시 상황을 주시하고 있는 것이 분명할 것이다.

정부가 정한 자진 신고 기한이 일주일도 남지 않은 상황에서 레디핑크 서지호의 결정은 숨죽이며 상황을 지켜보던 스킬러들에게 어떤 식으로든 영향을 끼칠 게 분명했다.

그 영향은 당장 아연과 회연 자매에게서도 나타났다.

"언니."

"응?"

"언니는 어떻게 생각해? 서지호의 결정에 대해서 말이야."

"서지호 같은 유명한 연예인도 정부 정책에 따른다고 하니까 마음이 흔들리네."

"그렇지?"

두 사람은 현성이 자신들과 같은 스킬러일 거라고는 꿈에도 생각하지 못했다.

현성이 밝히지 않았기 때문이다.

아니, 물어봤다면 말해줬을지도 모른다.

확실하지는 않지만.

자매가 '이 상황을 어찌 생각하느냐'라는 의미를 눈에 담고 현성을 바라보았다.

"전 인류가 스킬러 카드의 방문을 받았지. 하지만 모든 사람이 선택받지는 못했어. 만약 그랬다면 요즘과 같은 사회 분위기는 형성되지 않았을 테니까."

자신과 다른 존재에 대한 인간의 배척과 두려움은 늘 존재했다.

무지에서 탈피한 현대인도 이 부분에선 예외가 아니다.

오히려 예전과 달리 더 많은 정보를 습득하고 접근할 수 있는 현대인의 삶을 들여다볼 때 과거의 사람들과는 달리 다양한 방법으로 공격에 나설 수 있다.

더욱이 방송에선 스킬러가 한 짓인지도 불분명한 사건들을 연일 경쟁적으로 부각 보도하다 보니 이도 스킬러들에겐 악재가 아닐 수 없다.

이종족.

스킬러를 나와 다른 인간이 아닌, 아예 새로운 인종으로 구분하려는 사회 분위기.

레디핑크의 서지호를 시작으로 이러한 분위기가 개선되기를 현성은 진심으로 바랐다.

"악의적인 시선으로 스킬러를 보는 사람도 있어요."

아연이 말하자 희연이 이에 수긍하며 고개를 끄덕였다.

현성보단 자매의 체감이 더 클 것이다.

학교라는 공동체에 소속되어 학우들의 반응을 실시간으로 보았을 테니.

"너 자신을 이상하게 생각하지 마라. 그건 희연이도 마찬가지야. 너희가 원해서 스킬러가 된 게 아니잖아. 모두에게 공평했던 사건이었어. 너희 모두 스킬러이기 이전에 인간, 유아연이고, 유희연일 뿐이야."

현성의 격려에 아연은 우울한 표정을 걷어내며 활짝 웃었고 희연은 새로운 시각으로 현성을 보았다.

"고마워요, 현성 오빠."

"말은 그럴듯하네요, 아저씨."

희연의 반항은 현성을 부르는 호칭에서 엿볼 수 있다.

남자에 대한 근본적인 불신감을 희연이 가진 이상 현성은 어쩜 평생 그녀에게 오빠란 소리는 듣지 못할 것이다.

뭐, 그것에 연연하는 현성도 아니지만.

하지만 분명한 것은 희연의 목소리가 이전과 달리 많이 누그러져 있다는 점이다.

이렇듯 조금씩 친밀감은 쌓이는 법이다.

아연이 뒷정리를 시작한다. 그 옆에서 희연도 거들자 조촐했던 생일상은 금세 치워지고 없었다.

그리고 현성이 그간 쌓아두고 묵혀두었던 설거지감도.

"가볼게요. 오늘 고마웠어요, 오빠."

짐승의 내장처럼 꼬불꼬불하고 가파른 동네.

취객도 있고, 부모의 관심에서 벗어나 세상에 대한 증오와 열등감에 젖어 삐딱한 마음을 가진 녀석들이 마치 복병처럼 저곳에 있다.

소녀 둘이 살기에는 매우 위험하다.

그래도 '같은 동네 사람은 건들지 않는다' 라는 무형의 룰이 그들 내부에 있어 큰일은 없다.

하지만 얼마 전, 동네 불량배들이 취중이긴 했지만 아연에게 해코지를 하려고 했다.

그렇다 보니 이 컴컴한 시간에 여자애들만 보내기가 쉽지 않다.

"데려다 줄게."

"예? 아, 아니에요. 신세도 많이 졌는데."

"배불러서 산책하려는 거야. 가자."

현성이 먼저 나서자 아연이 수줍게 웃으며 그의 등을 바라본다.

희연은 언니의 이런 모습에서…

'설마… 저 아저씨 좋아하는 거야?'

　　　　*　　　　*　　　　*

　"상배야, 괜찮을까?"

　"시발, 괜찮지 않을 게 뭐야. 오늘 내 그 도도한 년 밑구멍에 금테가 둘렀는지 보고야 말겠어!"

　네 명의 청소년이 깨진 가로등 아래 모여 있다.

　덩치도 크고 인상도 제법 험악한 것이 청소년의 탈을 쓴 깡패 같다.

　담배를 하나씩 물고 있는 이들의 모습은 동네에서 흔히 볼 수 있는 불량 청소년의 전형적인 모습이다.

　"그 새끼가 가만있을까?"

　"지가 가만있지 않음 어쩔 거야? 전엔 우리가 놈을 잘 몰라서 당했을 뿐이야. 숫자도 우리가 많고 덩치도 우리가 더 커. 오늘은 아연이 년 따먹고, 다음엔 그 새끼를 조져 버릴 거야."

　상배의 넘치는 자신감에 세 아이는 불안한 표정을 짓는다.

　이들은 아연에게 치근덕거리다 현성에게 걸려 된통 혼이 난 녀석들이다.

　하지만 이들의 마음에, 특히 무리의 우두머리인 상배에겐 그 일들이 깊은 앙심으로 남아 있었다.

　자신만만한 상배의 태도에 다들 속으로 한숨을 쉰다.

　레벨이 다른 싸움꾼.

　세 아이가 겪어본 현성은 액션 영화에서나 등장할 법한 전투의 달인이었다.

그런 자의 보호를 받는 아연을 건드리자니 주저되고 겁이 난다.

하지만 리더가 저리 자신만만해하니 '어디 믿을 곳이라도 생겼나 보다'라고 여기며 다들 마지못해 그의 뜻에 동의했다.

가는 날이 장날이란 말이 있다.

현성과 아연, 희연이 골목길을 올라오고 있었다.

자매의 집으로 가려면 산동네 공터를 지나야 한다.

"사, 상배야. 장의사 새끼도 함께야!"

"이런, 썅."

"하필이면 저 새끼가."

상배의 똘마니들이 당황하며 서로 바라보다 곧 상배에게로 고개를 돌린다.

"잘됐네, 잘됐어. 일석이조지."

현성도 마침 이들을 보게 되었다.

아연과 희연이 움찔한다.

자매는 스킬러였지만 비전투 능력이다.

그러니 상배와 그 일당의 상대는 현성 단 하나뿐이다.

상대의 숫자가 넷이었지만 현성은 담담했다.

"오, 오빠, 되돌아가요."

아연이 떨리는 음성으로 현성에게 말했다.

지금 달아나면 거리가 있어 따돌릴 수 있을 것 같았다.

하지만 그렇게 간다고 일이 해결되는 것은 아니다.

저들 모두 자매의 집을 알고 있다.

다행히 자매가 세 들어 사는 집은 여러 가구가 모여 있어 녀석들도 거기선 함부로 할 수 없다는 이점이 있지만 언제까지 집 안에 있을 수도 없는 노릇인 데다가 제 식구도 아닌 타인의 일에 제 불편함을 감수하며 나설지도 알 수 없다.

다들 하루 벌어 하루 먹고사는 고단한 처지이기 때문이다.

"너흰 여기 있어."

"나도 도울게."

희연이 말하며 현성과 나란히 선다.

현성이 희연을 돌아보며 고개를 내젓는다.

희연의 능력은 관통이다.

대상을 구멍 내는 능력이 아니라 이를 통과하는 능력이다.

이는 지속 능력으로 분류되며 시간은 1분 안쪽이다.

쓰기에 따라서는 전투에 도움이 되긴 하지만 싸움이 1분 안에 끝난다는 보장이 없는 한 희연은 도리어 현성에겐 걸림돌일 뿐이다.

"언니나 지키고 있어. 내가 위험하면 그때 도와주든가."

"아저씨, 자신 있어?"

현성이 제 언니를 구해주었다는 것은 희연도 알고 있다.

하지만 실제 현성이 싸우는 모습을 본 적이 없었기에 겉으로 드러난 현성의 평범한 마른 체형이 그녀로서는 미덥지 못했다.

피식.

현성의 눈엔 희연이 단단히 겁을 먹고 있음이 보인다.

하지만 예민한 사춘기 소녀에게 이를 말할 수는 없었다.

그래서 '그냥 믿어보라!'는 뜻에서 웃음을 지었을 뿐이다.

현성이 앞으로 나서자 이를 기다렸다는 듯 상배가 으스대며 앞으로 나왔다.

상배의 똘마니들이 그를 돕기 위해 앞으로 걸어 나온다.

상배는 이를 저지했다.

"잘 봐둬라. 저 새끼 내가 오늘 병신으로 만들고 말 테니까. 흐흐흐."

저 끝없는 자신감.

세 똘마니는 상배의 이런 자신감이 이해가 되지 않았다.

현성에게 얻어터진 건 비단 자신들만이 아니었기에.

어디 벼랑 아래 동굴에서 무공 기연이라도 얻은 걸까? 그렇지 않고서야 어찌 저리 당당할까.

현성은 현성대로 상배의 자신만만한 태도가 의아했다.

'못 먹을 거라도 먹었나?'

현성이 이리 생각하고 있을 때, 상배가 현성에게 소리쳤다.

"야, 장의사! 남자답게 일대일로 붙어보자. 이건 정정당당한 승부니까 신고하거나 깽값 달라 하기 없기다. 동의냐, 아니냐? 아니면 그냥 꺼져라."

상배의 거들먹거리는 태도에 현성은 한심하다는 듯 말없이 피식거렸다.

이것이 상배를 도발한다.

"그래, 지금은 웃지. 하지만 곧 그 웃음이 피눈물로 대체될

거다. 이 씨. 발. 놈. 아! 우아아아와!"

성난 멧돼지처럼 상배가 현성을 향해 돌진했다.

먼저 움직이는 쪽이 허점을 드러내게 마련이다.

현성은 내심 한숨을 내쉬었다.

이 나이에 고딩과 주먹질이라니.

'헛!'

현성이 내심 신음을 흘린다.

무작정 달려드는 상배의 움직임이 갑자기 빨라졌기 때문이다.

잽싸게 옆으로 피한 현성은 대기를 갈라 버리는 매서운 파공음을 들었다.

주먹을 날린 상배는 자신의 공격이 실패했지만 이에 신경 쓰지 않았다.

공격 실패로 몸의 중심이 흐트러진 상배는 그 자세를 가다듬지 않고 곧장 현성을 향해 주먹을 내질렀다.

주먹엔 힘이 실려 있지 않았다.

견제용 동작. 그 이상의 의미는 없었다.

현성은 상배의 힘이 예사롭지 않다는 걸 앞서의 공격을 통해 느낄 수 있었다.

견제로밖에 볼 수 없는 상배의 공격을 현성은 팔뚝으로 막았다.

공격을 막음과 동시에 상대를 제압하려는 목적이 깔린 방어였다.

한데!

빠아악, 콰직!

"크흑!"

놀라운 일이 벌어졌다.

상배의 견제용 공격을 막은 현성의 팔뼈가 마치 썩은 잔가지처럼 그만 뚝 하고 부러진 것이다.

이 장면은 모두에게 큰 충격을 안겨주었다.

특히 아연과 희연에게.

"악! 오빠!"

"……!"

아연이 놀라 비명처럼 그를 불렀고 희연은 깜짝 놀란 듯 두 눈을 토끼처럼 떴다.

가벼운 접촉임에도 불구하고 팔뼈가 부러진 현성.

그는 부러진 팔을 수습한 뒤 백스텝으로 물러섰다.

상배는 느긋한 태도로 자세를 바로잡으며 마치 호랑이가 강아지를 쳐다보듯 거만하게 노려보았다.

"장의사 새끼야, 이제 이 형님의 실력을 알겠냐?"

현성은 상배의 거들먹거림에 대꾸하지 않았다.

방금 전의 일격은 인간의 것이 아니다.

마치 차량에 부딪친 충격이다.

팔뿐만 아니라 몸 전체가 충격의 여파에 부들부들 떨리고 있었다.

'저 녀석… 스킬러인가?'

그렇지 않고서는 말이 안 되는 상황이다.

현성이 신중한 눈빛으로 상배를 본다.

상배는 팔뼈가 부러졌음에도 고분고분하지 않은 현성의 태도에 찜찜함을 느꼈다.

째깍째깍.

시간은 흐르고 있었다.

상배는 자신의 시계를 내려다보며 약간은 불안한 표정을 드러냈다.

현성의 예상대로 상배는 스킬러다. 그것도 괴력의 스킬러.

45초!

상배는 스킬러의 유지 시간이 앞으로 15초밖에 남지 않은 것에 당황했다.

하지만 상대는 이미 팔뼈가 부러진 상황이라 스킬러의 능력이 다하더라도 충분히 이길 것이라 확신했다.

한 번만 더 치면 상대가 죽을지도 모른다.

이 생각이 들자 상배는 스킬러의 힘으로 현성을 공격하지는 않았다.

폭행죄와 살인죄는 엄연히 다르기 때문이다.

"장의사 새끼, 완전 수수깡이네. 야, 저 새끼 조져라. 입에서 살려달라는 말이 튀어나올 때까지."

"어, 어… 알았어."

상배의 압도적인 승리에 넋이 나가 있던 똘마니들이 그제야 움직인다.

썩은 고기를 찾아 떠도는 하이에나 떼처럼 말이다.

하지만 여기에 순순히 당할 현성이 아니다.

팔 하나를 못 쓰고, 또 여기서 퍼져 나오는 고통이 몹시 크긴 했지만.

현성은 사정 봐주지 않고 세 똘마니를 상대했다.

상배는 제 똘마니들이 현성을 충분히 제압할 것이라 생각하곤 아연과 희연에게로 걸어갔다.

아연의 얼굴은 눈물과 분노로 가득했다.

희연 역시 마찬가지다.

희연이 아연의 앞을 가로막으며 상배를 사납게 쏘아보았다.

상배는 표독스럽게 쳐다보는 자매의 눈총을 오만한 표정으로 무시했다.

그때 뒤에서 격타 음이 연이어 터졌다.

"억!"

얼굴에 머리가 틀어박힌 똘마니 하나.

"컥!"

명치가 무릎에 찍힌 또 하나.

"크흑!"

관자놀이에 팔꿈치가 찍혀 쓰러지는 마지막 하나.

전방을 보고 있던 자매는 부상당한 현성이 세 똘마니를 순식간에 때려눕힌 것에 놀라 다들 입만 뻐끔거렸다.

전날 현성의 실력을 본 아연도 마찬가지다.

상배는 상배대로 들려온 신음이 세 마디이자 이에 깜짝 놀랐다.

현성이 다친 제 팔을 몸에 붙인 채 상배를 쏘아보며 걸어온다.

화르르.

현성의 몸이 불꽃을 피워 올리고 있는 듯하다.

상처받은 맹수와 같은 현성의 그 기세에 상배는 오줌을 지릴 뻔했다.

상배의 상식에선 팔이 부러지면 싸움은커녕 반항도 못 한 채 벌벌 떨며 쓰러져 있어야 한다.

제 상식이 파괴된 상배는 그래서 당황함이 목구멍까지 차올라 있었다.

"어, 어… 떻게?"

순간 상배는 '현성도 자신과 같은 스킬러가 아닐까?' 라는 생각을 했다.

그렇지 않고서는 눈앞의 저 상황이 납득되지 않았기 때문이다.

"너… 너도 스, 스킬러냐?"

"너희 같은 고딩은 이 한 손으로도 충분하다. 싸움은 겉멋이 아니야."

타닥타닥타닥.

현성이 상배를 향해 빠르게 뛰어든다.

그의 기세에 놀란 상배는 몸을 움츠린 채 양팔로 머리를 보호했다.

현성의 발끝이 상배의 정강이를 찬다.

그 충격에 상배의 방어가 풀렸다.

이를 기다렸다는 듯 현성은 자연스럽게 녀석의 이마에 제 이마를 들이박았다.

빠아아악!

상배는 그 순간 찬란한 백광을 보았다.

흐물흐물한 스파게티의 면발처럼 상배는 그 자리에서 주저 앉았다.

의식을 완전히 잃은 듯 상배의 동공이 마치 텅 빈 것 같았 다.

털썩.

양아치 넷을 순식간에 기절시킨 현성은 그제야 고통에 얼굴 을 찡그렸다.

그의 몸은 식은땀으로 흠뻑 젖어 있었다.

"오, 오빠!"

아연이 달려와 현성의 팔을 잡는다.

작은 이 접촉에도 현성은 통증에 기절할 것만 같았다.

하지만 여기서 쓰러지면 뒷일이 감당 되지 않는다.

현성은 이를 악물며 도망가는 제 정신을 겨우 붙잡았다.

"음… 아프다. 그만 잡아라."

화들짝 놀란 아연이 그의 몸에서 손을 뗀다.

그녀의 얼굴에 걱정과 염려가 가득 채워져 있었다.

"바, 바보같이 그 몸으로 왜 싸워!"

"그만해. 머리까지 울려. 너희끼리 가라. 아무래도 난 병원에 가봐야겠다."

팔뼈가 부러졌으니 몇 개월은 불편한 깁스 상태로 살아야 한다.

당장 세수며, 빨래며, 청소며, 가게 문은 어쩐다.

일상의 소소한 것들이 거대한 부피의 부담감으로 현성에게 다가온다.

이래서 혼자 사는 사람은 아프면 안 된다. 아픈 만큼 근심 걱정도 늘어나니까.

'하아, 그게 더 무섭군.'

하지만 현성이 여기서 깜빡한 게 있었다.

아연이 치유의 스킬러라는 것을.

＊　　　　＊　　　　＊

청량한 기운이 몸 전체를 감싸자 현성의 부러진 팔은 언제 그랬냐는 듯 순식간에 아물어 버렸다.

이 놀라운 현상을 일으킨 주인공은 아연이었다.

희연 역시 언니의 놀라운 치유 능력에 깜짝 놀란 듯 신기한 표정으로 제 언니와 현성의 팔을 번갈아 본다.

이곳은 자매의 집이다.

여자애들이 사는 집이라 남다를 것 같다는 착각은 금물이다.

걸레는 빨아도 행주로 사용할 수 없듯, 낡고 오래된 이 집은 요단 강을 앞둔 세상 다 산 노인네다.

이러니 꽃단장해도 그건 상여밖에 안 된다.

그래도 현성의 집과 달리 참 깨끗하다.

"괜찮아요, 오빠?"

현성은 제 팔을 휘둘러 보고, 주물러 보고, 살펴보느라 정신이 없었다.

웬만한 일엔 눈썹 하나 까딱하지 않는 그였지만 아연의 능력에는 정말 크게 놀라고 말았다.

"어, 어. 아연이 같은 스킬러가 많으면 병원과 약국은 다 문 닫아야겠네."

아연의 치유 능력도 1일 1회에 한해서다.

하지만 시간과, 돈과, 고통이라는 인내의 삼박자를 매일 치르고 살아야 하는 환자들에게 아연은 구세주와 다름없다.

스킬러의 능력은 누군가를 다치게 하고 곤혹스럽게 하는 것 외에도 이처럼 세상에 이로움을 주는 것도 있다.

문제는 아연과 같은 치유의 스킬러들이 본격적으로 활동하면 제 밥그릇을 염려한 각종 협회에서 가만히 두고만 보지 않을 것이라는 데 있다.

"괜찮다니 다행이에요. 저희 때문에 다치시고. 휴우."

상배가 스킬러임을 확인한 이상 그의 존재는 떨칠 수 없는 심중 복병이다.

놈이 방심하지 않고 현성을 끝까지 물고 늘어지면 평범한 그가 감당할 수 없을 것 같았다.

아연의 눈엔 그래서 걱정이 가득하다.

"신고하는 게 좋지 않을까?"

희연도 현성이 걱정된 듯 상배를 신고하는 게 어떻겠냐는 뜻을 내비쳤다.

아연과 현성이 희연을 본다.

이에 얼굴을 붉히며 고개를 돌려 버리는 희연이다.

"오빠, 희연이의 생각대로 하는 게 좋겠어요. 그놈이 앙심을 품고 또 오빠를 노린다면……."

뒷말은 굳이 할 필요가 없다.

아연이 말끝을 흐렸지만 뒤에 이어질 말을 현성은 짐작했다.

확실히 상배의 능력은 위협적이다.

오늘은 놈의 자만심이 놈을 패배자로 만들었지만 내일은 알 수 없다.

인간은 바위가 아니다. 성장한다.

그런 점에서 상배의 성장은 현성에게나 아연, 희연 자매에 게도 곤란하다.

"그건 내가 알아서 해결할게. 그보다……."

주방과 하나인 거실과, 방 하나가 전부인 초라한 자매의 집.

창문엔 투명 테이프가 반창고처럼 덕지덕지 붙어 있다.

가재도구 역시 어디서 구타를 당했는지 곳곳에 수리한 흔적이 훤히 보인다.

가난과 아버지의 폭력에 시달리며 살았을 자매의 지난 삶의 흔적이 초라한 집 곳곳에 문신처럼 새겨져 있다.

똑똑.

"아연이 있냐?"

짜증이 묻어 있는 여성의 음성이 부실한 현관문 밖에서 들려온다.

이 목소리를 들은 자매의 얼굴이 동시에 굳어진다.

현성은 자기 때문에 저러나 싶었다.

아연이 밖에 나갔다.

"아연이 너도 알지? 더 이상 봐줄 수 없어. 그만 집을 비워줬으면 싶다."

여자의 음성은 매몰찼다.

아연은 사정 조로 집주인 여자에게 부탁했지만 소용이 없었다.

"죄송해요, 아주머니. 조금만 기다리시면 보증금을 마련해서 드릴게요."

"그 말 한 지가 벌써 넉 달이야. 미안하지만 이번 주 안으로 집을 비워줬으면 좋겠어. 아니면 보증금을 내든가. 그것도 어려우면 월세를 이십만 원을 더 내든가."

아연이 성실하게 아르바이트를 하고 있었지만 지금 내는 월세에서 이십만 원을 더 내라는 것은 집을 비우라는 소리와 다름없다.

자매의 아버지는 이 집에 걸려 있는 월세 보증금을 모두 노름판에서 잃어버렸다.

아버지가 아니라 원수도 이런 원수가 없음이다.

아연이 쩔쩔매며 사정을 했지만 집주인 여자는 요지부동이다.

방 안에 있던 희연은 자신들의 치부가 현성에게 드러나자 얼굴조차 들지 못한 채 몸을 바들바들 떨었다.

수치스럽기도 하고 두렵기도 할 것이다.

이 넓은 세상천지에 제 몸 하나 뉘일 곳이 없다는 것은 무서운 일이다. 아니, 뼈저리게 슬픈 일이다.

희연을 바라보던 현성은 곧 시선을 돌렸다.

테이프가 덕지덕지 붙은 창문 너머로 홀쭉한 초승달이 보인다.

오늘따라 초승달이 참 가난해 보이는 현성이다.

일방적인 통고를 끝낸 집주인 여자가 돌아갔다.

아연은 바로 들어오지 않고 밖에서 서성이다 충혈된 눈으로 들어왔다.

그러곤 현성을 향해 웃어 보인다.

"다 들었다. 이 집… 방음이 별로더군."

현성의 말에 희연이 날카로운 표정으로 그를 본다.

하지만 곧 고개를 떨어뜨린다.

아연은 씁쓸한 표정으로 말없이 고개만 끄덕였다.

하아.

깊은 한숨을 토해내며 현성이 자매를 향해 하나의 제안을 던졌다.

"내 집에 빈방이 좀 있는데… 괜찮다면 들어와 살아도 된다. 보증금도 월세도 필요 없어. 아! 그렇다고 공짜는 아냐. 입주 가정부 알지? 밥해주고 청소해 주고 그럼 된다."

자존심이 강한 사춘기 소녀 희연, 성실하고 반듯한 성품의 아연.

두 자매의 기분을 생각하여 나름 신경 써서 제안한 현성이다.

겉으론 무심하고 무뚝뚝해 보여도 속정이 참 깊은 청년이 바로 현성이다.

물론 모두에게 그러지는 않는다.

순수함으로 자신에게 다가와 준 아연이 기특해서 도움의 손길을 내밀 뿐.

그리고 오늘처럼, 좀 시끄럽고 어색하긴 했지만, 함께 밥 먹고 TV 보는 것도 그리 나쁘지 않을 것 같았다.

즉흥적이긴 해도 나름 고민해서 내린 결정이자 제안이다.

"염치없지만… 받아들일게요. 고마워요, 현성 오빠."

내심 자매가 자신의 제안을 거절하면 어쩌나 걱정했던 현성은 아연이 순순히 이를 받아들이자 한시름 놓을 수 있었다.

문제는 희연이다.

아연이 희연에게 뭐라 말을 하려던 찰나 희연이 벌떡 일어난다.

현성과 아연은 희연이 상처받은 게 아닐까 싶어 다들 걱정된 눈으로 그녀를 보았다.

하지만 이들의 걱정은 기우에 지나지 않았다.

"지긋지긋한 골목길 벗어나서 좋네. 언니, 짐 챙겨. 당장 떠나자. 나 이 동네 너무 싫었어."

희연이 지나간 비닐 장판 위에 물방울이 출렁이고 있다.

이것이 그녀의 마음이리라.

현성과 아연은 말없이 짐을 챙기는 희연의 가녀린 등을 바라보았다.

*   *   *

현성은 오랜만에 시내에 나왔다.

압구정은 밤이 화려하다. 물론 낮에도 멋진 건물들과 고가의 외제 차들이 범접할 수 없는 아우라를 뿜는다.

그리고 거리에 다니는 아름다운 선남선녀들. 한데 여자들은 어찌 그리 얼굴이 다 비슷비슷할까? 마치 쌍둥이들을 보는 것 같다.

일부에선 저런 여자들을 성괴―성형괴물―라고 부른다.

노천 카페를 찾은 현성은 밖에서 차를 마시고 있었다.

'하아, 잘할 수 있으려나.'

늘 혼자 생활하던 현성이다.

그런 그가 삼 일 전부터 집 안에 동거인을 들였다.

아연과 희연 자매다.

적막함이 꼭 묘지 같던 그의 집은 자매의 출현으로 활기와 향기를 띠었다.

낯선 분위기. 그렇다고 그것이 나쁜 건 아니었다.

애매함과 편안함이 그의 마음에 시소를 타며 공존한다.

"현성 씨죠?"

생각에 잠겨 있던 현성에게 다가온 여자. 현성이 고개를 돌리니 눈에 익은 얼굴이 서 있다.

자리에서 일어선 현성은 주위를 두리번거렸다.

오늘 그가 만나기로 한 사람은 여자가 아니라 남자다.

그리고 이 여자와 그 남자는 한 조로 움직인다.

그래서 남자를 찾기 위해 주위를 두리번거린 것이다.

"상철 오빠는 못 와요. 약속 못 지켜서 미안하다고 대신 전해달래요. 그리고 저도 바쁘니까 용건만 간단하게. 일단 앉죠."

현성이 자리에 앉자 인경이 곧장 본론으로 들어간다.

바쁘긴 확실히 바쁜가 보다.

제3장

미소녀 자매 세입자

"무슨 일이세요? 최동석이란 아이 이야기면 기밀이라 밝힐 수 없어요. 그리고 그쪽이 그 아이의 보호자도 아니니 밝힐 의무가 제겐 더더욱 없고요."

딱 부러지는 성격의 인경은 제 말을 마친 듯 용건을 말해보라는 청자의 자세를 취해주었다.

이 자세가 아니었다면 현성은 인경을 밥맛없는 인간으로 매도해 버렸을 터였다.

어쨌든 보자고 한 쪽은 자신이니 이유를 말해야 한다.

하지만 상대가 자신이 원하던 박상철이 아니었기에 현성은 고민했다.

"저 바쁘다고 했죠? 할 말 없으면 일어나야 해요."

외국영화를 보면 거기선 꼭 이런 말이 나온다.

'삼 분의 시간을 주겠어. 그 안에 용건을 말해…' 라고.

그 상황을 직접 겪어보니 황당한 기분이 드는 현성이었다.

하지만 바보처럼 말도 못 하는 성격은 아니니 그도 본론으로 들어갔다.

"바쁘시다니 본론으로 들어가겠습니다."

이리 운을 뗀 현성은 품속에서 곱게 접은 종이 한 장을 꺼내어 인경에게 내밀었다.

"이건 뭐죠?"

"보시면 압니다."

현성 특유의 무심한 표정과 무뚝뚝한 음성은 거슬릴 수 있었다.

하지만 인경은 이를 대수롭지 않게 생각했다.

종이를 펼쳐 든 인경은 눈살을 찌푸리다가 현성을 바라보았다.

현성이 인경에게 건넨 것은 삼 일 전에 이상배와 관련된 사건 내용과 그의 현 거주지를 적은 쪽지였다.

"그 학생이 분명 스킬러가 맞나요?"

현성은 깁스한 자신의 팔을 들어 보였다.

물론 이 깁스는 아연을 감싸주기 위한 위장용이다.

법치주의 국가에서 사사로이 사람을 때리고, 죽일 수는 없지 않은가.

그러니 법의 테두리 안에서 현성의 선택은 폭이 좁을 수밖에 없다.

엉덩이를 가볍게 들썩이던 인경은 묵직하게 자세를 잡고 앉으며 약간은 사무적인 느낌의 눈빛으로 현성을 보았다.

"스쳐 맞았는데도 팔이 부러지는 건 평범한 일이 아니죠. 조사해 보시면 밝혀질 내용입니다."

자신만만한 현성의 태도에 인경은 핸드폰을 꺼내어 어딘가로 전화를 걸었다.

"상철 오빠, 난데. 응, 만났어. 그래, 미안하다고 대신 말해 줬어. 내가 무슨 나무토막이야? 안 딱딱하게 친절하게 말했어. 그보다 최동석을 잡은 그 동네에 새로운 스킬러가 있다는데 그게……."

주절주절.

"어, 알았어. 조사 팀에 연락해 놓을게. 참, 정양옥 씨 아직도 있어? 하아, 그 아주머니도 참 대단하다. 어떻게 며칠 동안 그 자리에서 꿈쩍도 안 하고 그럴 수가 있지? 그래, 알았어. 금방 들어갈 거야. 그래."

현성은 정양옥이 자신의 아들을 면회하기 위해 국정원 특수국에 있음을 인경의 통화 내용을 듣고 알 수 있었다.

"정양옥 씨는 현성 씨도 알죠?"

"압니다. 그런데 뉴스에선 최동석 사건이 보도되지 않던데. 왜 그런 거죠?"

"사회적인 파장을 생각해서 그래요. 스킬러의 범죄가 언론에 자주 노출되다 보니 국민들의 불안감이 점점 커지고 있잖아요. 우리가 마귀도 아닌데 말이죠. 그러고 보면 우리를 바라보는 현성 씨의 시선은 그리 나쁘지 않네요. 현성 씨를 공격한 이상배란 아이도 스킬러라서 그런 일을 당하면 보통 우리를 괴물처럼 볼 것 같은데 말이죠."

인경의 목소리엔 그녀 개인의 고충이 들어 있었다.

현성은 이를 느꼈지만 상대의 기분 따위를 맞춰줄 의무가 없었기에 넘겨 버렸다.

"볼일이 끝났으니 전 가보겠습니다. 참, 최동석은 앞으로 어찌 됩니까?"

"제정된 특별법에 따라 범죄 유무가 증명되면 옥살이를 하겠죠. 스킬러도 대한민국의 국민이니까 공평한 재판을 받을 거예요."

"그렇군요."

더 이상 물어봐야 인경에게선 매뉴얼 그 이상의 대답은 듣기 힘들 것 같았다.

"이 제보 고마워요. 사실로 판명되면 제가 술 한잔 사죠."

"알겠습니다. 그럼."

스킬러 자진 신고를 독촉하는 현수막이 보인다.

어디서나 흔히 볼 수 있는 것들이다.

앞으로 삼 일 남았다.

'하아, 어쩐다. 그런데 조사 팀이라? 분업화 시스템인가.'

조사는 말 그대로 자세히 살펴보는 것이다.

대체 어떤 방식으로 조사를 한다는 걸까? 현성은 특수국이 보유한 그들의 능력이 궁금해졌다.

이러한 궁금증도 그 자신과 아연, 희연 자매가 스킬러이기에 느끼는 감정이다.

빵빵빵!

"야, 이 개새끼야! 왜 길을 처막고 지랄이야. 이 길 네가 전세 냈어! 앙!"

이십 대 초반으로 보이는 핑크색 머리의 남자가 현성을 향해 소리친다.

남자가 타고 있는 차는 고급 외제 승용차다.

상대의 욕설에 현성은 눈살을 찌푸렸다.

잠시 딴생각을 하느라 현성은 차도에 걸쳐서 걷고 있었다.

그렇긴 해도 여긴 일방통행로. 뒤의 차량은 위법을 저지르고도 큰소리를 빵빵 치고 있었다.

이것이 이 거리의 일상일까? 아무도 저 핑크색 머리의 남자를 향해 손가락질하지 않는다.

오히려 일부 여자들은 그 자리에서 고급 외제 차를 몰고 다니는 거친 이 남자에게 추파까지 던졌다.

현성은 그 여자들에게서 썩은 악취를 맡았다.

'역한 거리군.'

현성은 길을 비켜주었다.

핑크색 머리의 남자가 그에게 가운뎃손가락을 보이고 히죽거리며 지나쳐 갔다.

불법을 저지르고도 당당한 녀석.

명품으로 제 육신을 치장한 화려한 차림의 행인들은 오히려 현성을 한심한 눈으로 본다.

　그가 이 거리의 오염 물질이라도 되는 듯 말이다.

　　　　＊　　　　＊　　　　＊

　더러운 기분을 외관만 화려한 거리에 놓아둔 현성은 예의 그 무심한 표정으로 가게로 돌아왔다.

　깨끗하고 화려한 그 거리와 달리 현성이 사는 동네는 인간적인 냄새가 물씬 난다.

　물론 그의 가게 맞은편 빵집 주인은 그 인간미가 지나쳐 불쾌감을 느끼게 하지만.

　'애들 올 때가 됐군.'

　사교육비는 이 시대가 떠안고 있는 골칫거리다.

　대부분의 학생은 이 사교육의 유무를 통해 자신의 처지를 깨닫는다.

　가난이 죄가 된 세상.

　그 죄는 유전병처럼 아래로 아래로 대물림 된다.

　그래서 세상은 희망과 동떨어진 곳으로만 달리고 또 달린다.

　가게에 앉은 현성은 밖을 보았다.

　거리는 한산하고 사람들의 옷차림도 이 한산함처럼 검박하다.

그러나 그들은 그 누구보다 부지런하다.

그럼에도 가난이 저리 붙어 다니는 것은…….

'자장면이나 시켜야겠군.'

현성의 점심은 늘 자장면과 군만두다.

그의 이 입맛은 몇 년째 변하지 않았다.

현성은 중국집에 음식을 주문한 뒤 식사가 오기를 기다렸다.

여전히 가게 문을 열고 들어오는 손님은 없다.

저건 벽이 아닌데.

편안한 자세로 앉은 현성은 유일한 취미 생활인 독서를 시작했다.

책이 가진 고유의 냄새와 활자를 현성은 좋아한다.

새 책은 별로고 헌책을 좋아한다.

그렇다고 기를 쓰며 모으지는 않는다.

거칠지만 투박한 질감과 페이지가 넘어가는 소리를 그는 좋아한다.

비라도 내리면 좋으련만 야속한 하늘은 봄 가뭄을 여름까지 가져갈 생각인지 늘 쾌청한 하늘만 보여준다.

황사 낀 하늘보다야 낫지만.

자장면이 배달되자마자 희연이 들어왔다.

비닐 포장지에서 나무젓가락을 꺼내 자장면을 비비던 현성은 동작을 멈추었다.

"밥은?"

"먹었어요."

"그렇구나."

"자장면을 좋아하나 봐요. 매일 점심은 자장면을 드시네요."

현성은 희연이 이리 말을 오래 붙여주자 그게 신기했다.

보통은 간단하게 한두 마디만 하고 올라가 버렸는데…….

설마 자장면이 먹고 싶은 걸까?

"먹을래?"

"먹었다고 했잖아요."

"그렇구나."

희연이 현성을 스쳐 지나간다.

그때 그녀의 배에서 꼬르륵 소리가 났다.

밥이 들어간 위장은 절대 저러한 소리를 내지 않는다.

얼굴이 빨개진 희연이 후다닥 계단으로 뛰어가 버린다.

'안 먹었군.'

사춘기 여자아이. 참 어렵다.

후루룩.

"앗! 단무지."

중국집은 늘 단무지를 박하게 준다.

사람이 쥐새끼도 아니고, 어찌 저 조그마한 단무지를 야금야금 씹어 먹는단 말인가.

현성은 2층으로 올라갔다.

냉장고에서 물을 꺼내 마시던 희연과 현성이 마주친다.

현성의 입가에 묻은 자장면 자국을 보며 희연이 한마디 한다.

"어른이 왜 음식을 입가에 묻히고 다녀요."

"아, 자장면은 원래 그런데."

"……."

"단무지 좀 꺼내줘."

나직한 한숨과 함께 희연이 단무지를 꺼낸다.

노란 물이 찰랑대는 큼지막한 플라스틱 통.

"그런데 단무지는 왜 이렇게 많이 사놓은 거죠?"

"자장면엔 단무지잖아."

"중국집에서 주잖아요."

현성은 오늘따라 희연이 자신의 말을 많이 받아준다는 데 다시 한 번 놀랐다.

자신과 친해지기로 결심한 것일까? 반가운가, 그렇지 않은가? 잠시 이를 생각하다 곧 머릿속에서 털어버렸다.

자장면은 오래 두면 떡이 된다. 떡이 된 자장면은 정말 맛이 없다.

"양이 적어."

"더 달라고 하면 되잖아요. 그 집 단골 같은데."

"한국 사람은 단골한테 오히려 인심이 박해."

희연은 그의 말을 이해하지 못한 듯 고개를 갸웃거렸다.

하지만 그녀가 어찌 알까? 세상이 상식과는 별개로 돌아간다는 사실을.

"자장면 먹을래?"

"시, 싫어요."

"음… 맛있는데."

"혼자 많이 드세요."

배고픔을 들켰다는 생각에 그녀는 몹시 민망해하고 있었다.

어지간하면 모른 척 넘어갈 것이지 또 눈앞에서 자장면 타령하는 현성이 못내 얄미운 희연이다.

"그럼 군만두라도 먹을래? 자장면 소스를 듬뿍 찍어서 먹으면 맛있는데."

"지금 나 놀리는 거죠? 가난한 계집애가 굶고 다니는 게 불쌍해서… 동정하는 거죠!"

희연의 두 눈이 붉게 충혈되었다. 몸도 바들바들 떤다.

그리고 그 눈에서 닭똥 같은 눈물이 뚝뚝 떨어진다.

진심으로 현성은 그녀를 울릴 생각이 없었다. 놀릴 생각은 더더욱 없었다.

그냥 할 말이 없어 권했을 뿐이다.

아연은 대하기 쉬운데 그녀보다 어린 희연은 참으로 상대하기 어렵다.

역시 사춘기 여중생은…

'난적이군.'

*　　　*　　　*

다음 날, 현성은 평소보다 늦게 자장면을 시켰다.

그의 주문을 받은 중국집 사장은 깜짝 놀랐다.

요 몇 년 동안 극락 장의 용품점에선 자장면 하나와 군만두 하나만 시켰었다.

한데 오늘은 자장면 두 그릇을 주문했다.

듣기로 그 집에 두 명의 소녀가 세 들어 산다고 하긴 했는데…….

"별일이네. 야, 김 군아! 극락에 짜장 둘 군만두 하나다. 서비스로 단무지 하나 더 갖다 줘라."

자장면이 현성의 가게에 배달된다.

그리고 오 분이 채 안 되어 희연이 학교에서 돌아왔다.

탁자에 오른 자장면 두 그릇과 군만두, 그리고 단무지 접시 두 개.

현성은 희연을 보며 특유의 무뚝뚝한 음성으로 말했다.

"자장면은 두 개를 시켜야 단무지를 많이 주는구나."

생활의 발견. 현성은 오늘에서야 이를 알았다.

희연은 그 자리에 서서 꼼짝도 하지 않았다.

오늘도 그녀는 급식을 받지 못했다.

학교에 신청하면 급식을 공짜로 먹을 수 있었지만 자존심이 강한 이 사춘기 여중생은 구걸로 제 배를 채우기는 싫었다.

그래서 늘 그녀의 점심은 수돗물이었다.

친구들에겐 점심 다이어트가 몸매 형성에 좋다는 유언비어를 퍼뜨리면서.

배고플 때 자장면 냄새는 사람을 환장하게 한다.

그건 희연도 마찬가지다.

"왜 두 개나 시킨 거죠? 그거 설마……."

'날 동정해서냐!'라고 따지려던 희연은 그 말을 다 하지 못했다.

현성이 나무젓가락을 그녀에게 던졌기 때문이다.

엉겁결에 이를 받아든 희연은 인상을 찡그렸다.

"내 집에 들어와 살면 내 가족이다. 그리고 가족은 함께 밥 먹는 거라더군. 와서 먹어. 자장면 불면 떡이 된다. 떡 된 자장면은 놀랍게도 맛이 없어."

무심한 표정과 무뚝뚝한 말투에서 현성의 마음이 둔중하게 희연의 가슴을 두드린다.

현성은 희연을 쳐다보지도 않고 후루루 짭짭 군침을 유발하는 소리를 내며 자장면을 먹었다.

나무젓가락을 쥔 희연은 그 자리에서 꼼짝도 안 하고 서 있다가 나직이 한숨을 내쉬며 그의 맞은편에 와서 앉았다.

남녀는 단 한마디의 말도 교환하지 않고 그저 자장면만 먹었다.

후루룩, 짭짭.

식사 후의 커피 한 잔. 오늘은 현성이 직접 타지 않았다.

희연이 말없이 뒷정리를 한 뒤 손수 커피를 타온 것이다.

"자요."

머쓱한 표정으로 커피를 내미는 희연을 향해 내심 미소 지은 현성이 이를 받아 마신다.

　그러면서 그는 생각했다.

　'커피는 자신이 타야겠구나!' 라고.

　"장사가 이렇게 안 되는데 어떻게 생활하죠?"

　매일 파리만 날리는 가게다.

　평소 이것이 걱정됐나 보다.

　희연의 물음에 현성은 건성으로 대답했다.

　"그냥."

　"저… 아저씨. 요 앞에 좌판 하나 열면 안 될까요?"

　"좌판?"

　"곧 여름이니까. 팥빙수 같은 거 잘 팔릴 텐데."

　희연은 언니 아연을 경제적으로 돕고 싶어 아르바이트 자리를 구하려고 백방으로 노력했다.

　하지만 중학생인 그녀를 받아주는 곳은 단 한 군데도 없었다.

　요즘은 우유 배달이나 신문 배달도 자리가 없다.

　그렇다 보니 내내 고생하는 제 언니가 소녀의 가슴에 비수처럼 박혀 있었다.

　아연은 학교를 마친 뒤 주방에서 보조로 일하고 있다.

　장의 용품점 앞 팥빙수 가게라.

　입도 시원하고 마음도 시원할 것이다. 아니, 으스스하려나?

　그러다 문득 현성은 맞은편 빵집 가게를 떠올렸다.

　여름이면 대문짝만 하게 광고하는 그들의 간판 메뉴는 팥빙수다.

"좋아."

현성이 허락하자 희연은 매우 기뻐했다.

그 마음이 하얀 얼굴에 다 드러난다.

"고마워요. 자릿세는 꼭 벌어서 드릴게요."

"그런데 기구 살 돈은 있어?"

"기계는 중고로 사고, 또 재료 살 돈은 될 거예요. 좌판은 제가 학교 마치고 와서 틈틈이 만들면 돼요."

현성은 희연의 얼굴에서 처음으로 발랄한 여중생의 생기를 본다.

들떠 있는 그 모습에 현성은 맹물 같은 커피를 단숨에 들이켰다.

그러면서 그는 생각했다.

커피는 여중생이 타면 안 된다는 것을.

그날 밤, 아르바이트를 끝내고 돌아온 아연은 희연의 사업 계획을 들었다.

아연의 반응은 부정적이었다.

그 시간에 동생이 공부를 더 하길 그녀는 바랐다.

"언니, 나 해볼게. 하게 해줘. 공부도 물론 열심히 할 거야."

경기가 장기 침체로 접어들면서 아연이 일하던 식당도 인원 감축을 해야 한다는 말이 나오고 있었다.

아르바이트생인 아연이 제일 위태롭다.

이 때문에 요즘 그녀는 밤잠을 제대로 못 자며 고민 중에 있었다.

그렇다 보니 '희연의 사업 계획을 자신이 이어받으면 어떨까?' 라는 생각을 했다.

학업도 중요하지만 당장 먹고살 일도 중요하기 때문이다.

"그럼 언니랑 같이하자."

"언니 아르바이트는?"

"그게… 요즘 식당이 잘 안 돼서 해고될지도 몰라."

아연이 밤마다 잠을 못 자고 뒤척인 이유를 희연은 그제야 알 수 있었다.

희연은 이를 내색하기 싫어 밝고 씩씩한 태도로 동업자로 받아주겠다고 말했다.

현성은 자매가 서로에게 의지하며 힘을 북돋아주는 모습이 좋아 보였다.

TV에선 스킬러 자진 신고 기간이 얼마 남지 않았음을 알리는 아나운서의 재촉하는 목소리가 흘러나왔다.

올 여름 팥빙수 장사도 중요하지만 당장은 저것이 문제다.

"저기, 현성 오빠."

아연이 신중한 표정으로 입을 뗀다.

현성은 TV에서 눈을 돌려 그녀를 보았다.

"저 내일 관공서에 들러 신고할게요. 자꾸 미뤄두면 안 좋을 것 같아요. 정부에서도 신고 기피자들에게 불이익을 준다잖아요. 요즘엔 연예인들도 자진 신고를 하니까 괜찮을 것 같기도 하고요."

아연의 말에 희연도 동의했다.

확실히 연예인들의 잇따른 스킬러 자진 신고가 사태의 추이를 조심스럽게 지켜보던 신중한 스킬러들을 대거 움직이게 했다.

아직 이들에 대한 통계는 나오지 않았지만 그 숫자가 결코 적지는 않을 것이다.

문제는 스킬러에 대한 일반의 생각과 정부의 수용 자세다.

현성도 이 점을 나름 신중하게 고민했었다.

하지만 이 일을 더는 미룰 수 없겠다는 생각에 현성도 아연의 말에 동의했다.

"셋이 함께 가자."

"안 그래도 돼요. 희연이랑 같이 가면 돼요."

두 사람은 현성이 자신들과 같은 스킬러임을 꿈에도 모른다.

"나 자신의 일이기도 해."

"예?"

"……?"

자매가 현성을 집중해서 본다.

현성은 담담하게 입을 열었다.

"나도 스킬러야."

*   *   *

다음 날, 현성과 두 자매는 관공서를 찾았다.

현성이 경비원에게 스킬러 자진 신고 부서를 묻자 경비원이 그를 아래위로 훑어보더니 3층으로 가라 했다.

현성은 자매와 함께 3층으로 올라갔다.

다른 곳보다 유독 사람들이 없었다.

아니, 통제된 느낌이 든다.

경비원의 연락을 받은 듯 남자 한 명이 나와 있었다.

"어느 분이 스킬러십니까?"

'설마 세 명 전부가 스킬러겠는가' 라는 생각으로 남자가 물었다.

"우리 셋입니다."

현성의 무뚝뚝한 대답에 남자의 얼굴에 놀라움이 어렸다.

남자는 곧 제 표정을 바로잡더니 세 사람을 데리고 사무실로 들어갔다.

넓지 않은 사무실. 단조로운 구조였다.

접이식 철제 의자를 편 남자가 현성 일행에게 자리를 권했다.

현성이 먼저 남자와 면담했다.

"세 분 모두 신분증을 주시겠습니까?"

남자의 태도는 정중했다.

현성은 주민등록증을 내밀었고 아연과 희연은 학생증을 건넸다.

남자는 이들의 신상 기록을 적은 뒤 컴퓨터로 조회했다.

확인을 끝낸 남자가 신분증을 돌려주자 세 사람은 이를 지갑에 챙겨 넣었다.

복사기를 돌린 남자가 세 장의 종이를 각자에게 내밀었다.

"거기 빈칸에 기재를 해주시면 됩니다."

직업과 거주지, 그리고 스킬러 능력을 질문하는 문서였다.

문항은 많지 않았기에 세 사람은 금세 이를 작성하여 제출했다.

이를 받아든 남자의 두 눈이 동그래진다.

남자는 표정을 고친 뒤 차후 별도의 통보가 갈 것이라며 짧은 면담을 끝냈다.

몇 날 며칠을 고민한 것에 비해 너무 빠른 일처리에 세 사람은 허탈감을 느꼈다.

그래도 내내 목에 걸려 있던 일이 끝났기에 셋은 한결 가벼운 마음이었다.

와글와글.

관공서 앞에 한 무리의 취재진이 몰려와 있었다.

그리고 시커먼 밴 차량 한 대가 이들에게 포위되어 있었다.

밴 하면 일단 연예인을 떠올리게 된다.

현성과 두 자매는 가던 길을 멈추고 밴을 바라보았다.

차량의 문이 열리고 선글라스를 낀 미모의 여인이 나왔다.

주변은 곧 시장통처럼 소란스러워졌다.

"저 여자… 차민연이잖아."

"여긴 무슨 일일까?"

아연과 희연이 두 눈을 동그랗게 뜨고 기자들에게 둘러싸인 차민연을 보기 위해 까치발을 한다.

차민연은 최근에 막을 내린 드라마의 여주인공으로, 그녀는 드라마의 높은 시청률과 함께 톱스타의 반열에 안착했다.

기자들의 질문 공세가 노도처럼 그녀에게 쏟아진다.

그 내용을 들어보니 차민연 역시 스킬러임을 알 수 있었다.

유명인들의 잇따른 자진 신고는 그들의 팬층을 시작으로 일반에 스킬러에 대한 편견과 오해를 불식시키는 데 힘을 싣고 있다.

스킬러인 현성이나 자매의 입장에서도 이는 상당히 고무적인 현상이었으며 마음 놓이는 상황이었다.

"가자."

현성은 아연과 희연을 재촉했다.

관공서 입구를 보니 한 무리의 새로운 사람이 몰려오고 있었다.

기자로 보이지는 않았다.

취재에 지각하는 기자라면 그 직업을 진작 때려치워야 할 것이다.

아니, 그전에 선배들의 괴롭힘을 견디지 못하고 자진 퇴사하든가.

휙휙휙!

무언가를 투척할 때 들리는 파공성.

이 소리가 향하는 곳은 취재진에 둘러싸여 관공서로 들어가는 차민연이 목표였다.

모두의 시선이 이들에게 가 있었기에 누구도 이를 눈치채지 못했다.

퍽퍽퍽.

차민연의 수행원들과 취재진들이 계란 세례를 받았다.

계란이 터지며 사방으로 비릿한 냄새를 풀풀 날렸다.

계란은 보통 계란이 아니었다.

썩은 계란이다.

그 냄새가 어찌나 독한지 머리가 띵할 정도였다.

현성은 황급히 아연과 희연을 챙겨 한산한 야외 휴게소 쪽으로 몸을 피했다.

"스킬러는 물러가라!"

"스킬러는 세상의 해악이다!"

"신께서 저주한 자들이 스킬러다!"

테러를 감행한 자들은 종교 단체에서 나온 자들이었다.

이들은 스킬러의 능력을 신의 영역이라 간주했다.

스킬러 카드를 악마가 지상에 보낸 것이라 여긴 이들은 능력을 가진 자들을 악마의 자식으로 취급했다.

관공서에서 직원과 경비원들이 나와 광신도들 앞을 막아섰다.

금세 몸싸움이 벌어졌다.

광신도들의 연령층은 다양했다.

그들은 노인과 부녀자를 선봉에 세워 온갖 엄살을 떨었다.

중간 열과 후방에는 젊은 사람들이 배치되어 있었는데 이들
은 준비한 썩은 계란을 투척하며 찬송가를 불렀다.

　이 미친 짓거리에 아연과 희연 자매는 오싹한 공포를 느꼈
다.

　계란 범벅이 된 취재진들은 광신도들을 촬영하는 한편 머리
가 계란 범벅이 된 차민연이 밴 차량에 탑승하는 장면을 찍어
댔다.

　관공서 입구가 광신도들로 인해 점령당했기에 밴은 오도 가
도 못했다.

　현성과 자매 역시 빠져나가기 어려운 상황이다.

　"둘 다 내 손 잡아."

　현성은 자매를 데리고 관공서 건물 뒤로 돌아갔다.

　그곳은 인적이 없었고 CCTV의 사각지대이기도 하다.

　"뭐 하려고?"

　좀 전의 장면이 머릿속에서 떠나지 않는 듯 아연이 떨리는
음성으로 현성에게 물었다.

　희연은 입을 꾹 닫은 채 현성의 손을 꼭 움켜쥐고 아무 말도
하지 않았다.

　"집에 가야지."

　아연과 희연은 어리둥절했다.

　현성이 스킬러인 것은 알게 되었지만 그의 능력에 대해서는
모른다.

　그러나 자매는 곧 경험을 통해 그의 능력을 알게 되었다.

팟!

약간의 어지럼증을 동반한 소등 현상(?)과 함께 아연과 희연은 주변 환경이 확 달라진 것에 기함했다.

그러다 곧 자신들이 서 있는 곳이 어딘지 깨닫고는 깜짝 놀란다.

극락 장의 용품점.

현성이 운영하는 가게 내부에 서 있었기 때문이다.

얼떨떨한 얼굴로 자매가 현성을 본다.

현성은 별일 아니라는 듯 어깨를 가볍게 으쓱거렸다.

"공간 이동이야, 내 스킬러 능력은."

자매는 마치 자신들이 영화 속 세상으로 빨려 들어온 듯한 충격을 받았다.

세상에, 공간 이동 능력자라니. 그렇다면 영화 '점퍼'에서처럼 가고자 하는 곳은 세계 어디든 다 갈 수 있음이 아닌가.

놀란 사슴처럼 두 눈을 반짝이는 자매의 모습에 현성은 별거 아니라는 듯 말했다.

"그래 봐야 일일 편도야. 그리고 자칫 실수해서 이상한 곳에 떨어지면… 사망이지."

스킬러의 능력은 횟수와 지속으로 나눈다.

현성은 횟수에 속한다고 보면 된다.

1일 1회. 아연 역시 횟수 스킬러다.

희연만이 지속 스킬러이다.

낡고 오래된 장의 용품점에 스킬러 세 명이 모여 산다.

참으로 신기한 일이 아닐 수 없다.

"자장면 먹을래?"

점심은 무조건 자장면과 군만두인 현성.

"전 짬뽕이 좋은데."

아연이 수줍은 미소를 띠며 말했고, 희연은…

"간짜장 먹어도 돼요?"

현성은 자신보다 레벨이 더 높은 음식을 주문한 자매를 보며 갈릴레오가 재판장에서 나오며 나직하게 중얼거린 '그래도 지구는 둥글다!' 와 같은 느낌으로 낮게 말했다.

"…중국집은 자장면인데."

                    *   *   *

현성의 제보를 받고 출동한 특수국 조사 팀이 습격을 받아 전원 사망하는 사건이 발생했다.

이들의 시신은 사건 현장에서 30킬로미터 떨어진 야산에서 처참하게 부서진 모습으로 발견됐다.

특수국 조사 팀은 지속 비전투 능력자로 구성되어 있다.

국정원 특수국이 창설된 이후 처음 겪는 큰 파고였다.

띠리리리릭, 띠리리릭.

"예, 극락 장의 용품점입니다."

"선우현성 씨?"

"예, 그렇습니다만. 누구십니까?"

"아, 날세. 박상철."

현성과 아연, 희연 자매가 스킬러 자진 신고를 한 지도 열흘이 지났다.

이들의 일상은 열흘 전이나 지금이나 변하지 않았다.

그래서 현성은 이에 마음이 조금씩 놓였다.

지금의 생활에 만족하는 그에게 외부의 개입으로 인한 생활의 변화는 불편하고 불쾌한 것이기에.

그랬던 현성에게 박상철의 전화는 일상에 변화가 발생할 조짐이 아닐까라는 의구심을 심어주었다.

아직 확실한 것은 없기에 그냥 특유의 무뚝뚝한 음성으로 그는 응대했다.

"무슨 일이십니까?"

"얼마 전 자네가 제보한 이상배 있지?"

현성은 최근 동네에서 이상배를 보지 못했다.

산동네와 아랫동네를 연결하는 길목에 현성의 가게가 위치하고 있다 보니 산동네 주민은 누구든 그의 가게 앞을 지나가게 되어 있었다.

상배의 똘마니만 몇 번 보았을 뿐이다.

그래서 내심 국정원 특수국에서 녀석을 잡아간 것이라 생각하고 있었다.

"그런데요? 잘못된 게 있습니까?"

"이건 전화상으로 이야기하기 힘든데. 만날 수 있을까? 아니, 만나."

"지금 바쁜데요."

"바빠도 꼭 봐야 해. 자네에게도 중요한 일이니까."

"어디로 가면 됩니까?"

또 압구정이다.

현성은 약속 장소를 듣자 인상부터 찌푸렸다.

"자장면 배달 왔습니다."

현성이 바쁘다고 말한 이유가 도착한다.

긁적긁적.

버스를 타고, 지하철을 타고 다시 환승을 반복하여 현성은 압구정에 도착했다.

1일 1회의 공간 이동 능력이 1일 2회면 참 좋을 텐데. 그래도 집에 갈 때는 눈 깜짝할 사이에 갈 수 있으니 그나마 위안이 된다.

와글와글.

소음과 향수와 화장품으로 온 거리가 포화 직전이다.

명품으로 도배한 행렬, 행렬.

고급 외제 차량이 꼬리에 꼬리를 물며 매너 없게 빵빵거린다.

전날 여기서 욕을 들어먹은 경험이 있었기에 현성은 벽에 붙다시피 하며 움직였다.

현성의 옷차림은 이곳에서 눈에 확 뛴다.

너무 평범해서.

"어서 오세요."

커피숍 안으로 들어가자 종업원이 인사를 한다.

그러곤 손님의 위아래를 살피는 몰상식한 짓을 한다.

성격이 까칠하고 깐깐한 사람이었다면 종업원의 태도를 결코 용납하지 않았을 것이다.

하지만 현성은 그런 쪽과 거리가 멀다.

전에도 한 번 와본 곳이기에 현성은 테라스 쪽에 자리를 잡고 앉았다.

띠리릭, 띠리리릭.

현성도 핸드폰이 있다. 하지만 그의 핸드폰은 시계 대용으로 주머니에 넣고 다니는 것이다.

그런 그의 구식 핸드폰이 오랜만에 시원하게 노래한다.

주변에 있던 사람들이 그의 벨 소리에 피식거리며 본다.

"예, 약속 장소에 도착해 있습니다. 그러죠."

상대는 박상철이다. 삼십 분 정도 늦겠다며 미안하다고 한다.

미안하다고 말하는데 어쩌겠는가. 양해해야지.

드르르특.

주문한 음료가 나왔다. 현성은 표를 들고 차를 찾아왔다.

한데 그가 앉았던 자리에 다른 누군가가 앉아 있었다.

굉장히 예쁜 여자와 명품으로 도배한 오크 남이었다.

오크 남은 덩치도 산만 하다.

"거기 제 자리입니다."

현성은 오크 남을 향해 정중한 어투로 말했다.

그러나 이 오크 남은 거만한 양반이 천민을 보듯 현성의 위 아래를 훑어본 뒤 벌컥 화를 냈다.

"여기 전세 냈어? 앙! 짜증 나게."

이리 말하며 오크 남은 품에서 명품 지갑을 꺼내더니 십만 원짜리 수표를 현성에게 보인 후 이를 와락 구겨서는 바닥에 툭 떨어뜨렸다.

한마디로 갖고 꺼지라는 뜻이다.

오크 남은 육감적인 미인에게로 그 작고 반들거리는 눈을 돌렸다.

넙데데한 오크 남의 뒤통수는 현성의 눈에 과녁판처럼 보였다.

주위 손님들이 흥미로운 눈으로 현성을 본다.

구겨진 수표를 주울 것인지, 아니면 자존심을 세워 화를 낼 건지 지켜보던 자들이 내기까지 한다.

인간성과 도덕과 예의가 상실된 겉만 화려한 거리가 아닐 수 없다.

향기를 몸뚱이로 뿜지 말고 그 인간성으로 뿜으면 좋으련만.

현성은 화를 억눌렀다.

그러곤 구겨진 십만 원짜리 수표를 주워서는 곱게 폈다.

모두가 그를 한심하다는 듯 본다. 어떤 이는 대놓고 그를 거지 근성이라며 야유한다.

주위의 반응에 오크 남도 현성을 본다.

놈의 얼굴에 비열한 웃음이 감돈다.

"자릿세치곤 양호하군."

피식 웃어주며 현성은 그 자리에서 몸을 돌렸다.

가게 안은 여자들의 화장품 냄새로 머리가 지끈거린다.

현성은 테라스를 통해 밖으로 나와 가로수에 등을 기대고 커피를 마셨다.

'꼴값 떤다!' 라는 말로 테라스를 차지한 시간 많은 골 빈 성형 백조와 부모 잘 만나 지갑 빵빵한 무능한 백수들이 그를 씹는다.

그러거나 말거나 현성은 이들에게 신경조차 쓰지 않았다.

똥 덩어리와 다퉈 봐야 똥물밖에 더 튀겠는가.

다다다다닥. 우르르르.

가벼운 발걸음의 다수와 육중한 덩치의 다수가 서로 반대 방향에서 달려오고 있었다.

양측을 합치면 어림잡아 삼십 명쯤 되어 보인다.

"꺄아아아악!"

"헉!"

행인들이 놀라 황급히 길을 터준다.

차량들 역시 놀라 급히 브레이크를 밟고 열어둔 창문과 선루프를 닫는다.

양 무리의 흉흉한 기세에 명품 거리는 두려움으로 경직됐다.

한낮 도심 거리에서 패싸움이라니.

이 말도 안 되는 상황에 현성은 고개를 갸웃거렸다.

그러다 곧 주변을 꼼꼼하게 둘러보았다.

'영화 촬영이 아닐까?' 라는 생각에 말이다.

"죽어라, 이 개새끼야!"

"네가 죽어, 시발 놈아!"

퍽, 빡, 쿠당탕.

백 퍼센트 리얼 패싸움이 현성의 앞에서 벌어졌다.

영화나 드라마 촬영이 아니다.

"신고하는 새끼 찾아내서 다 죽인다!"

양측은 싸우는 중에도 사람들이 경찰에 신고할 것을 염려하여 이렇듯 협박을 날렸다.

몇몇 핸드폰을 꺼내 든 자들이 황급히 이를 감추었다.

법은 멀고, 주먹은 가깝다.

그 학설이 여기서 증명된다.

싸움은 점점 치열해졌다.

머리가 깨지고 코뼈가 주저앉는다.

천 테이프로 칭칭 감은 쇠 파이프가 위협적인 파공음을 남발한다.

저기에 한 대 맞았다간 곧장 이승을 하직할 것이다. 아니면 반신불수로 침대 신세를 지거나.

현성은 커피숍 테라스로 피신했다.

양 패거리는 다른 이들에겐 관심을 보이지 않았다.

오직 상대를 무력화시키는 데만 집중해 있었다.

'허, 깡패들이 백주 대낮에 흉기를 들고 설치다니. 이게 대한민국의 현실인가?'

경찰은 출동하지 않았다.

행인들은 몰라도 주변 가게에서 신고하면 놈들이 알아차리지 못할 텐데. 이를 신고하는 사람이 없는지, 아니면 다른 이유 때문에 오지 않는지 알 수는 없다.

싸움의 중심에 있는 차량의 앞 유리로 검은 정장의 큰 덩치 남자가 날아가 처박혔다.

유리창은 산산이 깨어지고 그 안에서 폭음 같은 비명이 날카롭게 터져 나왔다.

커다란 선글라스에 후드를 쓴 여자가 차량에서 나왔다.

여자는 제 머리를 감싸 쥐며 연방 비명을 질렀다.

"도와주세요! 꺄아아악!"

여자의 차량 지붕에 한 남자가 올라가 자신을 공격하는 자들을 상대로 날렵한 발재간을 펼쳤다.

그러다 날아온 파이프에 맞아 요란한 소리와 함께 지붕에 쓰러졌다.

이자를 공격하다 한두 대씩 얻어맞았던 자들이 한꺼번에 지붕으로 올라가 쓰러진 남자를 밟고 때리고 밑으로 던졌다.

하필 그 남자가 떨어진 곳은 불행하게도 겁에 질린 여성 운전자의 정면이었다.

저대로 두었다간 애꿎은 사람이 크게 다칠 수 있다.

주위엔 많은 남자가 있었다.

명품으로 멋을 내고 허세로 어깨에 힘을 주고 다니던 남자들은 이 순간 솔잎 먹는 송충이처럼 제 주제를 여실히 드러냈다.

겁에 질린 여성 운전자는 싸움의 중심지에서 울음을 터뜨렸다.

그녀의 얼굴 절반을 가리던 선글라스는 어디로 갔는지 화장기 없는 얼굴이 드러났다.

"저 여자, 차민연이다!"

"바람의 딸에 나왔던 여배우야!"

여자의 얼굴을 알아본 자들이 수군거렸다.

현성 역시 차민연은 안다.

얼마 전 관공서에서 광신도들의 썩은 달걀 세례를 받던 그 모습을 기억할 뿐이다.

남의 일 같지 않다고나 할까? 때문에 기억에 남아 있다.

'스킬러 능력을 쓰면 될 텐데. 흠, 저 상황에선 도움이 안 되는 능력인가?'

후르릅.

현성의 차는 식어 있었다.

뭐, 식어도 맛은 있으니 문제 될 건 없다.

이런 그도 다른 주위의 남자들처럼 나설 생각이 없는 듯 보인다.

"제발 도와주세요!"

차민연은 제 성대가 터질 듯 그렇게 애타게 소리쳤다.

그녀는 정말 위험한 상황에 노출됐다.

깡패들이 그녀의 주변에서 흉기를 휘두르며 험하게 싸우고 있었다.

경찰은 여전히 감감무소식이다.

현성은 핸드폰을 꺼냈다.

경찰이 신고를 받지 못해 출동하지 않았나 싶어서다. 이것이 그가 차민연을 위해 해줄 수 있는 도움의 전부였다.

그때 한 깡패가 그가 신고하려는 것을 눈치채고 쇠 파이프를 그를 향해 던졌다.

이건 살인 무기다.

휘류류류류룽!

맹렬한 회전을 하며 현성을 향해 날아온 쇠 파이프. 현성은 허리를 뒤로 젖혀 이를 피했다.

그의 뒤에는 그에게 구겨진 수표를 준 오크 남이 있었다.

쇠 파이프는 정확하게 오크 남의 이마를 가격했다.

우연의 일치일까? 아니면 현성이 의도적으로 그런 걸까? 알 수 없다.

하지만 확실한 것은 현성의 얼굴에 깨소금 내음이 진동한다는 것이다.

빠아아아아악!

"케에에엑!"

"꺄악! 오빠!"

턱.

현성은 반쯤 남은 차를 탁자에 올려놓았다. 이건 이제 남의 일이 아니다.

가볍지 않은, 아니, 위협적인 공격을 받았으니 되갚아줘야 한다.

이것이 현성의 철칙이다.

느릿하게 싸움의 중심부로 걸어가는 현성. 그의 모든 감각은 싸움의 흐름을 빠르게 파악하고 있었다.

탁월한 싸움꾼은 흐름을 알고, 그 흐름을 지배하는 자다.

그의 느닷없는 행동에 모두가 깜짝 놀란다.

비겁한 가난뱅이 청년. 사람들은 그 청년이 지금 객기를 부린다고 여겼다.

"뭐야? 이 새끼!"

덩치 큰 각두기 머리의 남자가 현성을 보더니 곧장 달려와 주먹을 날렸다.

체급으로 나누자면 깡패는 헤비급, 현성은 라이트급이다.

현성은 어렵지 않게 남자의 주먹을 살짝 피한 뒤 주먹에 각을 세워 녀석의 인중을 가격했다.

인중을 제대로 가격당해 보지 않은 자들은 모를 것이다.

혼을 쏙 빼버리는 고통을.

"커헉!"

현성의 단 한 방에 헤비급 깡패가 짚단처럼 쓰러진다.

이자의 동료들이 이를 보았다.

온갖 욕설을 해대며 성난 멧돼지처럼 현성을 향해 놈들이 달려들었다.

놈들이 쏟아내는 욕설의 천만분의 일이라도 현실화된다면 현성은 이미 죽은 목숨이다.

상대는 둘. 현성은 이들을 향해 뛰더니 공중으로 몸을 날렸다.

허공에 떠오른 그의 두 발이 두 사람의 목에 칼날처럼 박힌다.

이 둘은 비명조차 지르지 못한 채 그 자리에서 의식을 잃었다.

순식간에 세 명을 무력화시킨 현성의 실력에 그를 무시하며 보았던 이들이 놀라 새삼스러운 눈으로 그를 보았다.

바닥에 착지한 순간, 현성은 사냥감을 향해 달려 나가는 날렵한 표범처럼 싸움의 중심부로 뛰어들었다.

그를 향해 쇠 파이프 세 개가 힘찬 소리를 내며 짓쳐 들었다.

그 소리가 참으로 험악하다.

바닥에서 주운 쇠 파이프로 좌측과 전방에서 짓쳐 들던 쇠 파이프를 한 동작으로 깔끔하게 쳐낸 현성은 상체를 옆으로 이동하여 우측의 쇠 파이프를 피했다.

수백 번 예행연습을 거친 것처럼 그의 동작은 군더더기 하나 없이 완벽하여 주위의 놀라움을 샀다.

빠가각!

현성의 쇠 파이프가 남자의 이마를 때렸다.

우측의 남자를 쓰러뜨린 현성은 자신의 정면과 좌측으로 쇠 파이프를 휘두른 두 녀석을 연달아 격퇴했다.

현성을 공격한 세 남자는 동시에 쓰러졌다.

영화 속 한 장면을 보는 듯하다.

"걸을 수 있습니까?"

현성은 어느새 차민연 앞에 도착해 있었다.

그녀의 주위에서 싸우던 자들은 현성에 의해서 모조리 정신을 놓았다.

현성은 상대가 의식을 잃을 부위만 골라 강력한 일격을 안겨주었다.

커피숍 테라스에서 차민연이 웅크리고 있던 곳까지의 거리는 15미터쯤 된다. 이 거리를 오는 동안 현성이 무력화시킨 깡패는 무려 여덟이다.

한쪽의 세력이 순식간에 약화되면 반대쪽이 강성해지게 마련이다.

현성에게 얻어맞고 기절한 자들은 모두 같은 무리였다.

그렇다 보니 수적 우위를 점한 자들이 소수가 된 그들을 단숨에 무찌르며 쫓기 시작했다.

본의 아니게 이들에게 도움을 주게 된 현성이다.

"고맙군."

누군가 현성을 향해 이 말을 하곤 달아나는 깡패들을 쫓는다.

난장판이 된 거리로 요란한 사이렌 소리가 날아든다.

그리고 마침 도착한 박상철.

"이게 뭐야? 전쟁이라도 터진 거야?"

차민연은 현성이 내민 손을 의지하며 겨우 몸을 일으켰다.

충격에서 벗어나지 못한 차민연의 몸은 애처롭게 떨고 있었다.

현성에게 다가오던 박상철은 여배우 차민연을 보고 순간 얼이 빠진 얼굴로…

"여, 여신님!"

이런다.

현성은 주변을 둘러보며 인상을 찌푸렸다.

사람들이 그를 폰 카메라에 담고 있었기 때문이다.

현성은 쥐고 있던 피 묻은 쇠 파이프를 멀찍이 던져 버리곤 박상철에게 걸어갔다.

차민연에게서 겨우 시선을 뗀 상철이 현성에게 묻는다.

"어찌 된 건가?"

"조사하면 다 나올 테니 자리부터 옮기시죠."

여기저기서 현성을 칭찬하는 목소리가 나온다.

조금 전만 해도 돈 앞에 비실거리는 한심한 놈 취급하더니.

"그러지. 차민연 씨, 함께 가시겠습니까? 아니면, 여기서……."

"가, 같이 가요."

차민연도 폰 카메라의 세례를 받고 있었다.

현성이 바닥에 떨어져 있던 그녀의 선글라스를 집어 주었다.

"고, 고마워요."

제4장

사라진 이상배

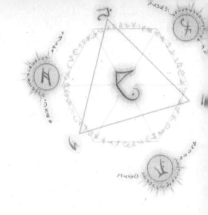

차민연을 먼저 보내고 현성과 박상철은 인근의 조용한 커피숍을 찾아 들어갔다.

현성의 활약상을 직접 눈으로 보지 못했지만 차민연과 주변 사람들의 말을 통해 눈앞에 앉은 그가 보통의 청년과는 다르다는 것을 알게 되었다.

평범한 청년이 위험한 패싸움의 중심지로 과감하게 뛰어들어 누군가를 구출하는 일은 영화나 소설에서나 가능한 일이다.

현실에서는 불가능한 일이다.

"제대로 된 격투기를 배웠나 보군."

박상철의 말에 현성은 긍정과 부정이 모호한 태도로 머리만 살짝 움직였다.

상철은 현성이 이런 이야기를 하고 싶어 하지 않는다는 것을 알 수 있었다.

"자네를 만나고자 한 이유는 전화상으로 거론했듯, 이상배에 관한 일이네."

현성은 말없이 상철의 표정만 보았다.

상철의 딱딱하게 굳은 표정엔 뜨거운 분노가 깃들어 있었다.

하긴, 제 동료들이 의문의 변사체로 발견되었으니 분노하지 않는 게 오히려 이상할 것이다.

"듣죠."

"자네의 제보를 받고 우리 측 요원들이 출동했네. 한데 그 요원들 모두 현장에서 삼십 킬로미터나 떨어진 외진 곳에서 변사체로 발견됐어. 이들 모두 GPS—인공위성을 통한 위치 추적 장치—를 휴대하고 있지. 한데 놀랍게도 그들의 현장 도착 시간과 위치 기록을 살펴보니 사망 추정 시간과 GPS에 기록된 시간이 불과 이 분밖에 차이가 나지 않더군. 사람을 살해하고 그 시체를 삼십 킬로미터 밖으로 옮기는 데 고작 이 분밖에 걸리지 않았다는 소리지."

여기서 말을 끊은 상철이 현성을 유심히 본다.

"그 말씀의 요지는 무엇입니까?"

현성은 자진 신고를 했다.

그러니 자신에 대한 정보를 국정원 특수국에 근무하는 박상철이 열람했을 것이라 생각했다.

그렇지 않고서야 이런 이야기를 자신에게 해줄 이유가 없었다.

이상배의 조력자. 상철은 자신을 그리 생각하는 것일까? 현성으로서는 그렇게밖에 생각할 수 없었다.

"우연히 자네의 기록을 봤어. 아니, 관심이 있어 찾아봤지."

"의심받을 소지가 다분하군요."

상철이 언급한 앞의 사건 개요는 현성에게 불가능한 일이 아니다.

여기에다 앞서 깡패들을 무력화시킨 전투력까지 상철이 알게 되었으니 이 사건의 용의자로 지목받기에 차고 넘친다.

"자네를 의심하지는 않아. 자네의 알리바이는 증명됐으니까."

"…감시했습니까?"

자신도 모르는 사이에 누군가 자신을 지켜보았다는 것은 불쾌한 일이다.

상철이 고개를 내젓는다.

"아까, 종업원과 손이 스치지 않았나?"

"그도 스킬러군요."

"과거를 투시하는 스킬러지. 그를 통해 사건 시간대에 자네가 무엇을 했는지 살펴보게 했네. 그렇게 보지 말게. 이건 불법이 아니야. 스킬러 범죄에 관한 수사에는 수단의 선별 따위는 없네. 법적으로 하자가 없다는 소리지."

현성은 묵묵히 상철을 뚫어지게 바라보았다.

상철은 그의 시선을 피하지 않았다.

한참 후, 현성이 침묵을 깼다.

"날 불러낸 이유가 이것입니까?"

"처음엔 그랬지. 하지만 이제는 달라졌네. 자네, 조국을 위해 일할 생각 없나?"

현성을 향한 박상철의 눈빛이 뜨겁게 타오른다.

스킬러로서의 현성의 능력이 희귀한 편에 속한 데다 스킬러의 능력을 배제한 현성의 무력도 대단하다.

여기다 정의감까지 갖추고 있으니 정부의 입장에선 탐나는 인재가 아닐 수 없다.

"전 직업이 있습니다."

"자네의 청춘과 재능을 썩히는 게 아까워서 제안하는 거네. 오늘날의 세상은 하루가 다르게 급변하고 있지. 기존의 질서가 스킬러의 등장으로 재편되는… 격동기라 할 수 있어. 스킬러들의 범죄가 그들의 삶에 악영향을 끼친다면 우리에 대한 일반의 생각은 점점 더 악화될 걸세. 그렇게 되면 소수자인 우리는 이 사회에 발붙이고 살아갈 수 없게 되는 거지."

소수자라는 상철의 말에 현성은 의문을 느꼈다.

스킬러 카드는 전 인류에게 공평하게 배달됐다.

하다못해 신생아까지 이를 받았다.

이를 생각하면 전 인류까지는 아니더라도 적어도 대한민국 땅에 스킬러의 숫자가 최소 백만 이상은 되어야 하지 않을까?

한데 상철의 어감은 스킬러의 숫자가 그리 많지 않다는 느낌을 물씬 풍겼다.

'자신을 숨기는 자들이 많단 건가? 아니면, 실제로 스킬러가 된 자들이 적다는 걸까?'

스킬러 자진 신고 기간이 지난 시점이다.

각 언론과 민간단체에선 스킬러의 숫자와 이들의 분포와 신분을 밝히라는 압력을 넣고 있었다.

이러한 사회적인 분위기에 스킬러의 범죄가 지금까지처럼 여론의 조명을 받는다면 상철의 우려가 곧 현실화될 수 있었다.

차민연이 종교 단체의 공격을 받던 일을 생각하면…….

"신중하게 생각하고 답변해 주길 바라네."

상철이 자리에서 먼저 일어난 뒤 커피숍을 나선다.

그러자 서너 명이 그의 뒤를 따라나갔다.

현성은 꽤 오랫동안 그 자리에 앉아 있었다.

*   *   *

여러분, 한낮의 도심에서 흉기를 든 수십 명의 무리가 패싸움을 일으켰습니다. 경찰의 대응은 참 답답했습니다. 화면을 보시죠. 현장엔 여배우 차 모 씨도 있었습니다. 저기 저 화면에 웅크리고 있는 여인입니다. 막막하고 두려운 그녀를 향해 한 남자가 뛰어듭니다. 놀라운 솜씨로 깡패들을 물리치고 여자를 구하는 청년을 보십시오. 목격자들의 진술에 따르면 현장을 목격한 사람들은 그를 압구정 영웅…

오늘 낮에 있었던 압구정 집단 패싸움이 전파를 탔다.

아나운서는 영웅처럼 차민연을 구한 현성을 치켜세웠다.

목격자들의 인터뷰도 대부분 그를 영웅급으로 묘사했다.

"와아, 저 남자 되게 용감하다. 어떻게 깡패들 패싸움하는데 단신으로 뛰어들 용기를 냈을까?"

박상철과 헤어진 현성은 집에 와 있었다.

퇴근 시간이라 도심은 교통 체증이 극심하다. 하지만 현성에게는 이 모든 걸 무시할 능력이 있었다.

현성은 파와 당근이 듬뿍 들어간 계란말이를 집다가 화면을 힐끗 보았다.

제가 한 일이었지만 현성은 남의 일 보듯 시큰둥하다.

아연의 감탄조에 희연이 혀를 차며 시크하게 말했다.

"저리 설치고 다니면 제 명에 못 죽을걸."

현성은 잠시 희연을 보다가 곧 음식 먹는 데 열중했다.

확실히 여중생 희연의 말은 틀리지 않다.

오늘 자신의 행동은 좀 무모한 구석이 있었다.

그 쇠 파이프에 자신이 맞은 것도 아닌데.

'오지랖이었지.'

현성은 자신의 행동을 반성했다.

그 장소에서 겁에 질린 자가 스킬러가 아니었다면 어쩜 현성은 나서지 않았을 것이다.

"그래도 저런 사람이 있어 사회가 정화되는 거야, 희연아."

"사회정의는 법에 맡겨야지. 개인이 나설 문제가 아니야. 저 사람은 자기가 영웅인 줄 알겠지만 그의 가족은 어떻겠어? 난 저렇게 분별없이 제힘만 믿고 설치는 사람이 싫어."

희연의 비난은 단호했다.

순간 현성은 목이 메여왔다.

그는 낮게 헛기침을 하며 물컵을 들었다.

"그거 제 물컵이에요."

희연이 제 물컵을 양손으로 사수하며 경계 조로 말한다.

"아, 실수. 내 건 우측에 있었구나."

"희연아, 현성 오빠 무안하게 왜 그래?"

아연이 여동생의 행동에 안절부절못하며 미안한 표정으로 현성을 본다.

현성은 아연에게 괜찮다는 손짓을 해 보이며 제 물컵을 들었다.

그의 물컵은 비어 있었다.

신랄한 희연의 비판에 수시로 갈증을 느꼈다.

그렇다 보니 물컵에 물이 있을 리 없다.

이를 깜박할 정도니 겉으론 내색하지 않았지만 현성도 속으론 동요하고 있었음이다.

사춘기 소녀의 독설. 참 맵고 짜다.

아연이 제 물컵을 현성에게 내밀었다.

"이거 드세요."

"웅."

현성은 사양하지 않았다.

이를 본 희연이 투덜거린다.

"비위생적이야."

드르륵.

희연이 일어나 물병을 가져온다. 그러곤 현성의 물컵에 물을 가득 따라주었다.

"제가 못됐죠?"

"…뭐가?"

"아저씨 도움으로 무사하고, 또 이렇게 안정적인 거처를 마련했으면서도 뉴스에 나온 저 남자를 비난했으니까요."

"난 아무 생각도 안 했다."

현성을 뚫어지게 보던 희연은 말없이 식사만 하기 시작했다.

긁적긁적.

"비듬 떨어져요."

"아, 그렇군."

현성과 희연의 모습에 아연은 피식거렸다.

어울릴 것 같지 않은 두 사람이 이상하게 잘 어울려 보였기 때문이다.

현성과 희연은 약속이라도 한 듯 아연을 본다.

머쓱해진 아연은 고개를 숙이며 밥을 급히 먹었다.

그러면서 킥킥거리는 것은 웃음보가 제대로 터졌기 때문이리라.

식사를 마친 현성은 옥상에 올라갔다.

아연이 따뜻한 커피를 갖고 그를 찾아왔다.

두 사람은 벤치프레스 기구에 나란히 앉았다.

옥상은 현성이 평소에 사용하는 운동기구들이 구비되어 있었다.

두 사람이 앉은 이것도 그중 하나다.

한때 그는 제 몸을 지키기 위해서 운동에 광적으로 집착한 적이 있었다.

또한 격투기 서적을 통해 독학으로 이를 공부했다.

탁월한 운동신경에다 그의 광적인 과거의 생활들이 더해지자 싸움의 달인이라는 칭호를 붙여도 모자람이 없는 현재의 그가 만들어졌다.

지금은 가끔 이용할 뿐.

"밤하늘이 참 맑은 것 같아요. 낮에 바람이 많이 불어서 대기가 정화됐나 봐요."

아연의 긴 생머리가 밤바람에 부드러운 실크처럼 날리었다.

"그렇군."

"저기, 오빠."

"응."

"뉴스에 나온 남자… 오빠죠?"

현성은 대답하지 않았다.

"그럴 줄 알았어요. 딱 봐도 오빠였으니까요. 희연이도 눈치챘을 거예요. 희연이가 그리 말한 건 오빠가 걱정스러워서 가시 돋친 말을 한 걸 거예요. 오빠가 이해해 주세요. 애가 애정 표현에 많이 서툴러서……."

"난 괜찮아. 상처받지 않았어."

피식.

"정말요?"

"남자는 그런 데 상처 안 받아."

"믿을게요. 후후."

두 사람은 네온사인으로 불야성을 이룬 도심을 내려다보며 말없이 이를 감상했다.

그때 옥상으로 희연이 올라왔다.

김이 모락모락 피어오르는 커피 한 잔을 가지고.

"커피 마실 사람."

희연이 머뭇거리며 다가와 시큰둥한 목소리로 말했다.

현성은 본능적으로 아연이 타다 준 커피를 옆으로 감추며 손을 들었다.

"나."

아연은 이를 보고 빙그레 웃었다.

참 좋은 사람이다. 참 다정한 남자다.

아연에게 현성은 그런 남자로 다시 마음에 들어온다.

희연은 현성에게 커피를 내준 뒤 야경을 바라보다가 곧 변명을 늘어놓으며 내려갔다.

자신은 커피를 타려던 게 아니었는데 커피를 코코아로 착각해서 탔다나 뭐라나.

"희연이가 오빠 많이 좋아하나 봐요."

"뭐?"

"아니에요. 참, 희연이 커피 맛은 어때요?"

"음… 반항적인 사춘기 맛."

"예? 그게 무슨 맛인데요?"

"그런 게 있어, 오묘한."

한마디로 맛 되게 없다는 표현이다.

하지만 어쩌랴. 녀석의 사과인데 마셔줘야지.

후루룹.

                    *   *   *

아연과 희연 자매가 학교로 간다. 그녀들을 배웅한 현성은 늘 그렇듯 가게에 앉아 책을 펼쳐 든다.

세상은 언제나 그렇듯 치열하고 바쁘게 돌아간다.

하지만 그가 생활하는 이 공간은 그 모든 것들로부터 열외된 고즈넉한 세상이다.

현성은 이러한 분위기를 좋아했고 이를 무척이나 마음에 들어 했다.

어제 일들이 현성의 머릿속에서 되살아난다.

이를 털어내기 위해 현성은 고개를 내저었다.

박상철의 제안은 대국적으로 봤을 때 옳은 이야기다.

피부색과 언어만 달라도 적대시하는 게 인간이다. 물론 오늘날에 와서는 노골적인 폭력은 사라졌지만 아직도 그러한 정서가 인간의 내면에 남아 있다.

하지만 앞의 것은 '다르다'지, '틀리다'가 아니다.

그러나 스킬러와 일반인.

세상은 이들을 '틀리다'로 구분하려 하고 있었다.

여기에 기름을 끼얹는 자들이 제 이익을 위해 힘을 사용하는 스킬러들이다.

'스킬러의 등장… 무엇을 위한 등장일까?'

여기엔 분명 어떠한 이유가 있으리라. 대체 그 이유가 뭘까? 그 의문의 카드는 왜 전 인류를 방문했음에도 그들 모두를 선택하지 않고 일부에게만 스킬러의 힘을 주었을까? TV에서도 이 문제를 다루었다.

각계의 인사들이 참석하여 뜨거운 토론을 벌였다.

하지만 근본적인 이유를 알지 못하니 모두 각자의 입장에서 제 뜻만 입 아프게 떠들 뿐이다.

결론이 나오지 않는 그들의 토론은 공허할 뿐이었다.

일부 종교 단체의 광신도들은 스킬러를 악마의 자식으로 여긴다.

아니, 악마의 선봉군으로 믿고 있다.

드르륵.

"응?"

"오랜만이에요, 청년."

가게를 방문한 사람은 국정원 특수국에 연행되어 그 행방이 오리무중인 최동석의 어머니 정양옥이다.

그녀의 얼굴은 전에 보았을 때보다 더 안 좋아 보였다.

"어서 오세요. 여기 앉으세요."

"고마워요. 배달된 조등은 받았어요."

우울한 표정과 착 가라앉은 그녀에게선 생기를 찾아볼 수 없다.

"예."

현성은 그녀의 아들 최동석에 관한 일을 언급하지 않았다.

"수의 좀 볼까요."

"아, 예."

현성은 지하 창고로 내려가 수의를 갖고 올라왔다.

싸고 질 좋은 수의로.

정양옥은 수의를 몇 번이나 쓰다듬어 보더니 마음에 든 듯 이것을 구매했다.

오늘은 가격을 알고 왔기에 신권으로 가격을 지불하는 정양옥이다.

"차 한잔 드릴까요?"

"물이나 한잔 주시겠어요."

"아, 예. 잠시만 기다리세요."

2층 주거지로 올라간 현성은 따뜻한 물 한 잔을 갖고 내려왔다.

유리창을 투영한 햇살이 정양옥을 비추었다.

그 모습은 몹시 슬퍼 보였고, 또 아파 보였다.

현성은 말뚝처럼 그 자리에서 정양옥을 보다 낮은 헛기침을 흘렸다.

상념에서 깬 정양옥이 그를 향해 힘없이 웃어주었다.

"드세요."

"고마워요, 총각."

컵을 소중하게 감싸 쥔 그녀는 말없이 후루룩 물을 마신다.

컵이 비워질 때쯤 정양옥이 가게를 둘러보며 말한다.

"가게 분위기가 좋네요. 따뜻하고… 평화로워 보여요."

"감사합니다."

"총각이 이런 일 하기는 쉽지 않을 텐데."

"부모님이 하시던 가게를 제가 물려받았습니다."

"그렇군요. 나에게도 아들이 있어요."

최동석을 어찌 현성이 모르랴.

현성은 이를 모른 척했다.

"예."

"심성이 착한 아인데… 휴우, 아니에요. 그만 일어날게요."

몸을 일으킨 정양옥이 가게를 나선다.

현성은 문가에 서서 그녀가 산동네로 올라가는 모습을 오랫동안 지켜보았다.

잠시 잠깐 '그녀를 위해 최동석에 대해 알아볼까?'라는 생각을 해본다.

그러나 곧 고개를 내저으며 그 생각을 털어버렸다.

끼이익.

몸을 돌리려던 현성은 몰상식하게 남의 영업장소에 주차하는 소리를 들었다.

고개를 돌린 현성은 눈살을 찌푸렸다.

사람들의 이목을 잡아끄는 밴 차량이 떡하니 그곳에 서 있었다.

드르륵.

오늘따라 유난히 바쁜 현성의 가게 문이다.

두 명의 여자가 현성의 가게 안으로 들어왔다.

한 명은 눈부시게 아름다웠고, 다른 하나는 후덕한 인상의 평범한 여자였다.

"제대로 찾아왔네요."

밴을 타고 온 여자는 차민연이었고 그녀와 동행한 여자는 그녀의 코디였다.

현성은 그녀에게 자신의 전화번호도 알려주지 않았다.

그래서 차민연의 방문은 의외였다.

"무슨 일이십니까? 가게를 찾아온 손님은 아닌 것 같은데."

차민연의 코디는 현성의 무뚝뚝한 태도에 몹시 놀라워했다.

일반적으로 차민연 앞에선 남자들은 다들 그녀에게 잘 보이려고 갖은 매너를 총동원했다.

그런 남자들만 보다 정반대의 남자를 보니 놀라지 않을 수 없었던 것이다.

"애써 찾아왔는데 앉으란 소리 안 할 건가요?"

현성의 눈길이 맞은편 빵집으로 간다.

그곳엔 현성을 못 잡아먹어 안달인 빵집 주인이 창문에 제 얼굴을 바짝 붙인 채 이곳을 주시하고 있었다.

내심 현성은 고개를 내저으며 차민연에게 자리를 권했다.

두 사람은 작은 탁자를 사이에 두고 앉았다.

"무슨 일이십니까?"

"정식으로 감사의 인사도 전할 겸……."

"그날 인사로 전 충분합니다."

차민연의 코디는 현성이 그녀의 말을 단박에 자르며 축객령 분위기를 피워 올리자 황당한 듯 헛웃음을 흘렸다.

발끈한 민연의 코디가 현성을 쏘아붙인다.

"이봐요, 당신 앞에 앉은 사람이 누군 줄 알고 그래요? 차민연이에요, 차민연!"

"양자야, 그만해. 저분은 내 은인이야. 그리고 넌 차에 가 있어. 아니면 저기 빵집에라도 가 있든가."

볼을 크게 부풀리던 양자가 현성을 쏘아본 뒤, 다행하게도 차량으로 가버렸다.

"미안해요, 현성 씨."

"아뇨, 감사의 인사는 받았으니 돌아가 주세요. 곧 바쁠 시간이라서요."

"음… 너무하시네요. 바쁘다고 하시니까 할 수 없네요. 가게 마치고 시간 있으세요?"

"없습니다."

민연은 무안함을 느꼈다.

이런 경우는 연예계에 데뷔한 이래 처음인 그녀였다.

"사람 무안하게 만드는 재주를 가지셨네요. 그렇게 말씀하시니까… 알겠어요."

지갑에서 봉투 하나를 꺼낸 민연이 현성에게 내밀었다.

"이건 뭡니까?"

"제 성의예요. 식사라도 하면서 드리려고 했는데. 받아주세요."

현성은 봉투를 집었다. 그러곤 그녀의 앞에서 봉투의 내용물을 망설임 없이 확인했다.

그의 행동에 민연은 그에 대해 갈피를 잡을 수 없었다.

혼란스러워하는 민연을 향해…

"받겠습니다. 이제 마음 편해졌을 테니 돌아가세요."

이런 문전박대는 난생처음.

그 순간 민연은 오기가 치밀었다.

오늘 반드시 그와 식사를 하고야 말겠다는.

"이왕 제 마음 편하게 해주시려면 저녁 식사 초대에도 응해주세요."

"저녁은 안 됩니다."

"오늘이 안 되면……."

"다음 날도 안 됩니다. 정 함께 식사하고 싶다면 점심으로 하죠."

"음… 깐깐한 분이군요. 좋아요. 제가 가는 식당으로……."

"아뇨."

"무슨?"

"점심엔 전 꼭 먹는 게 있습니다."

"그게 뭐죠?"

"자장면과 군만두."

현성의 태연한 대답에 차민연은 사레가 들리고 말았다.

콜록콜록.

*　　　　*　　　　*

여배우 차민연은 그날 현성의 가게에서 자장면과 군만두를 먹고 돌아갔다.

이 놀라운 사건은 오직 두 사람밖에 모른다.

"다녀왔습니다."

아연이 가게로 들어온다.

그녀가 다니던 식당은 감원을 했고, 그 대상에 아연도 포함되었다.

"왔어?"

"예, 오늘도 자장면 드셨어요?"

"응."

"오빠 참 대단해요."

"……?"

"식성이 한결같아서요. 희연이는 안에 있어요?"

"아직 안 왔는데."

"이상하네. 오늘 팥빙수 기계 보러 가기로 했는데."

현성도 오늘 많은(?) 손님이 방문하여 정신이 없었다.

그렇다 보니 희연이 올 시간도 잊고 있었다.

시간은 4시 36분.

다른 아이들처럼 학원이나 방과 후 클럽활동도 안 하는 희연은 보통 3시 30분이면 온다.

혼자서 공부해도 희연의 성적은 반에서 늘 상위권이다.

아연도 동생 못지않게 성적이 좋다.

상업고등학교와 인문계의 수준이 다르다곤 하지만 아연의 형편을 고려하면 이것도 대단한 것이다.

가난한 자매는 요즘 개나 소나 다 갖고 있는 핸드폰도 없다.

걱정이 돼도 서로 연락할 방법이 없다.

희연의 성격상 약속을 어길 리 없다. 그렇다면 그녀에게 문제가 발생했음이다.

아연이 발을 동동 구르며 현성에게 말한다.

"오빠, 저 희연이 학교에 가봐야겠어요."

"같이 가자."

"가게는?"

"오늘 손님 많이 받았다."

"그래요?"

"응."

현성 역시 희연이 걱정스러워 일찍 가게 문을 닫고 아연과 함께 나섰다.

희연이 다니는 성호 중학교는 현성의 가게에서 걸어가면 이십 분쯤 걸린다.

이 먼 거리를 희연은 현성네로 들어오기 전부터 걸어서 통학했다.

"택시!"

현성이 지나가는 택시를 잡아 세웠다.

아연이 주저했지만 현성은 막무가내로 그녀를 택시에 밀어 태웠다.

"성호 중학교요."

*   *   *

희연은 학교를 마친 후 집으로 돌아오는 길에 낯선 무리의 습격을 받았다.

상대는 여자였다.

행인들이 다수 있던 곳이라 희연은 별 경계를 하지 않았다.

아니, 생각조차 못 했다.

무방비 상태의 희연에게 접근한 여자는 칼로 그녀를 위협했다.

비단 이 여자뿐만이 아니었다.

이 여자의 조력자도 주변에 있었다.

검은색 승용차가 달려와 멈추며 뒷문을 연다.

뒷좌석엔 날카로운 인상의 남자가 타고 있었다.

위협받고 있던 희연으로서는 죽지 않으려면 순순히 차량에 탑승할 수밖에 없었다.

대체 이자들은 왜 자신을 노리는 걸까? 희연의 머릿속은 복잡해졌다.

집이 부자도 아니고, 자신을 통해 누군가를 협박하려 해도 든든한 배경도 없는 처지다.

그런 자신을 납치해 봐야 쓸 데라곤 없다.

그렇다 보니 희연은 이 상황이 믿어지지 않았다.

하나 이대로 끌려갔다간 무슨 일을 당할지 몰랐기에 희연은 침착하게 스킬러의 능력을 사용했다.

관통의 능력!

희연은 자신을 위협하던 여자의 몸을 그대로 통과한 뒤 학교를 향해 내달렸다.

이곳에선 집보다 학교가 더 가까웠기 때문이다.

희연을 납치하려던 자들은 다들 놀라지 않을 수 없었다.

특히 희연을 위협했던 여자의 놀라움은 매우 컸다.

희연이 자신의 몸을 곧장 통과해 버렸기 때문이다.

"제, 젠장, 스킬러였어!"

여자는 즉시 차량에 탑승하더니 어딘가로 황급히 전화를 걸었고, 차량은 차도와 인도를 구분하지 않고 희연을 험악하게 뒤쫓았다.

행인들의 놀람은 당연했다.

골목길을 이용해 달아난 희연을 쫓는 데 차량은 실패했다.

희연은 온몸이 땀으로 흠뻑 젖은 모습으로 겨우 학교로 올 수 있었다.

학교를 나가는 아이들을 스친 희연은 곧장 교무실로 달려갔다.

다행하게도 교무실엔 여러 선생님이 계셨다.

선생님께 자초지종을 설명한 뒤 희연은 도움을 요청했다.

곧 전화는 가까운 지구대의 버튼을 누른다.

한데 어찌 된 일인지 전화는 숨이 끊어져 있었다.

비단 그것만이 아니었다.

개인의 휴대폰과 디지털 전자시계도 마찬가지였다.

완벽한 정전.

운동장에 있던 학생들도 대부분 교문을 빠져나갔다.

교문 밖의 이들은 정전 현상을 겪지 않았다.

각자의 손에 들린 핸드폰이 정상 작동되는지 다들 수다 삼매경에 빠져 있다.

그때 교무실 문을 거칠게 열어젖히며 두 명의 남자가 천천히 들어왔다.

전화통을 잡고, 혹은 핸드폰을 살피던 교무실의 선생님들이 놀라 그들에게 무슨 일이냐고 따졌다.

한 남자가 인상을 찌푸리며 무언가를 뿌리듯이 팔을 휘두르자 희연을 제외한 모든 선생이 의식을 잃고 그 자리에서 쓰러져 버렸다.

이에 놀란 희연은 남자들의 반대쪽 문으로 달아났다.

"귀찮게 하는군."

한 남자가 인상을 찡그리며 말했고, 다른 한 남자는 핸드폰을 빼내어 어디론가 연락을 했다.

복도로 나온 희연은 운동장으로 나가려고 했다.

하나 그녀는 건물 안으로 진입하던, 앞서 칼로 자신을 위협한 여자와 납치용 차량 뒷좌석에 앉아 있던 남자를 여기서 볼 수 있었다.

그들을 피해 희연은 무작정 반대 방향으로 뛰었다.

그때부터 이들과 희연의 학교 내 숨바꼭질이 시작됐다.

"찾아!"

*   *   *

현성과 아연이 희연의 학교에 도착했다.

그들이 교문으로 막 들어설 때 의문의 남자의 손짓에 기절했던 교무실의 선생님들이 약간 멍한 표정으로 나오고 있었다.

아연이 그들에게 말을 붙였지만 선생님들은 마치 무언가에 홀린 듯 그녀의 말을 무시하곤 곧장 나가 버렸다.

"불친절하군."

선생들의 태도에 현성이 불만의 표시로 한마디 했다.

아연은 교문 입구에서 학교 건물을 본다.

학생들이 빠져나간 건물은 왠지 음산해 보였다.

"희연이 교실에 갔다 올게요."

아연이 걸음을 재촉하며 학교 건물로 향했다.

"같이 가."

"…예."

현성과 아연은 함께 건물로 들어섰다.

그때 한 남자가 남녀의 앞을 가로막았다.

"무슨 일이오?"

"학생을 찾으러 왔습니다."

아연이 반가운 표정으로 남자에게 말하자 남자는 눈살을 찌푸리며 그녀와 현성을 훑어보더니 퉁명한 어조로 말했다.

"학교 전체에 방역을 하는 날이라 모두 나갔다. 이미 확인했으니까. 학교에 학생은 없어."

남자의 말에 아연은 난감한 표정으로 주변을 보더니 걱정을 드러낸다.

현성 역시 남자의 말에 의심할 구석을 찾지 못했다.

하나 앞서 교문에서 본 선생님들의 표정이 떠올라 현성은 발길을 돌리던 아연의 어깨를 잡아 세운 뒤 남자 앞으로 걸어갔다.

그때였다.

무언가가 깨지는 소리가 들린 건.

와장창.

유리창이 깨져 나갔다. 그리고 이 유리창을 깬 물건이 땅에 떨어졌다.

의자였다.

그 순간 남자의 표정이 확 바뀌더니 현성을 공격했다.

현성의 시선은 바닥에 떨어진 의자를 보고 있었기에 남자의 공격을 보지 못했다.

아연이 이를 보고 소리쳤다.

"오빠!"

남자의 공격과 아연의 경고가 동시에 터졌다.

현성은 남자의 주먹을 허리를 앞으로 숙이며 피했다.

곧 그 자세에서 몸을 빙글 돌려 남자의 정면에서 일으킨 뒤 당황한 남자의 턱을 아래에서 위로 가격했다.

전광석화 같은 솜씨였다.

퍼억!

턱을 가격당한 남자는 뒤로 발랑 넘어졌다.

남자가 신음을 하며 몸을 일으켰다.

현성은 남자의 가슴을 발뒤꿈치로 강하게 찍었다.

"너 뭐냐?"

현성의 목소리에서 얼음 가루가 풀풀 날린다.

그의 싸늘한 목소리와 사나운 눈빛에 남자는 당황했다.

하지만 그의 당황은 곧 거두어졌다.

남자의 동료가 오고 있었기 때문이다.

"언니! 아저씨!"

옷매무새가 엉망이 된 희연이 두 남자에게 끌려오고 있었다.

이들의 앞에는 앞서 희연을 칼로 위협했던 여자가 보였다.

현성이 이들을 노려보고 있는 틈에 그의 발치에 있던 남자가 후다닥 제 무리에 합류했다.

"일이 꼬이는군."

난처함이 전혀 느껴지지 않는 어투로 말하며 여자가 앞으로 나섰다.

아연은 여동생이 낯선 자들에게 잡혀 있는 것에 꽤나 충격을 받은 상태였다.

현성은 아연이 앞으로 나서지 못하게 몸으로 막은 뒤 놈들을 향해 걸어 나갔다.

"그 애를 풀어주는 게 너희에게 좋을 것이다."

무심하고 무뚝뚝한 그의 태도에 이들은 가소롭다는 듯 피식거렸다.

현성은 체형이 크지도 않았고, 근육질도 아니다.

어디서나 흔히 볼 수 있는 마른 체구의 이십 대 청년이다.

앞서 현성에게 당한 남자가 변명처럼 제 무리에게 뭐라 말을 한다.

자신이 방심한 틈에 현성이 공격해서 어쩔 수 없이 당했다나 뭐라나.

어처구니없는 변명이었지만 이는 현성에게는 지원사격과 같았다.

방심.

놈은 제 동료가 방심하도록 만들었다.

이를 모르는 놈은 '그래도 현성이 한 수 있으니 조심해!' 라는 경고를 하려고 했다.

그러나 놈의 경고는 늦었다.

현성을 향해 한 남자가 걸어갔다.

현성보다 덩치도 컸고, 인상도 험악한 자였다.

"애송이가 어디서 까불어!"

남자는 다짜고짜 현성을 향해 주먹을 휘둘렀다.

그 주먹에 맞아줄 현성이 아니다.

현성은 남자의 주먹을 피한 뒤 바짝 접근했다.

그러곤 그 남자의 고환을 움켜잡았다.

남자는 숨이 넘어갈 듯한 신음만 흘릴 뿐 손끝 하나 움직이지 못했다.

현성은 남자를 밀고 앞으로 나갔다.

남자는 현성의 방패가 되었다.

납치범 무리의 여자가 소리쳤다.

앞서 현성에게 당한 남자와 또 다른 남자가 그를 향해 달려들었다.

여자는 품에서 칼을 꺼내 희연의 목에 가져갔다.

현성의 손에 고환이 잡힌 남자는 현성이 밀어버리자 그 힘에 반항조차 못 한 채 처절한 비명과 함께 제 동료들의 걸림돌이 되었다.

현성이 그 순간 뛰어나갔다.

그는 제 고환을 움켜잡고 허리를 숙이고 있는 남자의 목뒤를 강하게 찍은 뒤 허공에서 두 남자의 얼굴을 가격했다.

퍽퍽!

"끄헉!"

"컥!"

순식간에 남자 셋을 무력화시킨 현성은 희연의 목에 칼을 댄 여자를 쏘아보았다.

여자가 그를 향해 소리쳤다.

여자의 표정과 목소리에는 당혹감이 선명했다.

희연의 목에 댄 칼이 그녀의 살갗을 베려던 순간이다.

현성이 여자의 앞에서 감쪽같이 사라졌다.

"뭐, 뭐지?"

여자의 당혹감은 몹시 컸다.

눈앞에 있던 사람이 갑자기 홀연히 사라졌으니 당연한 반응이다.

"여자."

여자는 자신의 뒤에서 현성의 목소리가 들리자 무심결에 고개를 돌렸다.

그 순간 여자의 안면에 현성의 정권이 꽂혔다.

콰드드득.

여자의 안면부가 현성의 정권에 폭삭 주저앉는다.

"희연아!"

상황은 길어 보였지만 실제 현성이 세 남자를 때려눕히고, 남치범 여자의 안면을 함몰시킨 시간은 1분 남짓이었다.

"언니, 흑흑흑."

영문도 모른 채 내내 쫓겨 다녔던 희연은 그간 받았던 스트레스와 두려움을 눈물로 쏟아냈다.

자매의 상봉을 힐끗 본 현성은 남자들의 허리띠를 이용해 이들을 굴비처럼 엮었다.

잠시 후 네 사람은 정신을 차렸다.

언니의 품에서 겨우 진정된 희연이 생각난 게 있는 듯 현성을 보며 입을 열려 했다.

그때 한 남자가 현성을 쏘아보며 욕지기를 내뱉었다.

그 뒤 이들은 현성의 눈앞에서 감쪽같이 증발해 버렸다.

'공간 이동?'

현성은 처음으로 자신과 같은 능력자를 보게 되었다.

놀랍지는 않았다.

*   *   *

박상철은 현성의 전화를 받자마자 그 즉시 성호 중학교로 출동했다.

현장 외곽은 인근 지구대에서 파견 나온 경찰들이 통제했고, 내부는 국정원 특수국 요원들이 현장을 감식했다.

상철의 파트너인 인경은 희연에게서 진술을 받아 그녀가 처음 납치당할 뻔한 거리의 CCTV를 확인했다.

이들의 재빠른 일처리에 현성은 약간의 믿음이 생겼다.

상철이 현성을 보며 말했다.

"내일 연락 주겠네. 그런데 이대로 가도 괜찮겠나?"

상철은 재발을 우려하고 있었다.

현성 역시 놈들이 곱게 물러갈 것이라곤 생각하지 않았다.

놈들은 조직적으로 희연을 납치하려고 했다.

이유와 목적과 놈들의 배후는 모른다.

하지만 분명한 것은 어떤 식으로든 이 일이 반드시 해결을 보아야 하는 사안임을 현성은 잘 이해하고 있었다.

그러나 지금 당장은 불안에 떨고 있는 희연을 위해, 여동생이 납치될 뻔한 사건을 접한 그 언니의 정신적 피로감의 회복을 위해 친숙한 공간에서의 휴식이 그 무엇보다 필요했다.

"그랬으면 합니다."

"음, 알겠네. 내가 집까지 바래다주지. 이인경 요원."

"예."

공적인 자리다 보니 두 사람 모두 예의를 지킨다.

현성은 이들 남녀를 흘낏 본 뒤 안도와 불안감이 혼재하는 아연과 희연을 보았다.

지친 기색이 자매에게서 역력히 드러나 보인다.

현성은 상철이 데려다 주겠다는 제안을 거절했다.

"괜찮겠나?"

"괜찮습니다."

"조심하는 게 좋을 것 같아. 확실한 결과는 안 나왔지만 정황을 보니 최소 세 명의 스킬러가 저 소녀의 납치에 동원된 것 같더군."

말하는 내내 상철은 아연의 품에서 위로를 받고 있는 어린 여중생을 본다.

대체 놈들은 왜 저 여학생을 납치하려 했을까? 이러한 궁금증이 컸지만 가해자는 사라져 버렸고 피해자는 아예 영문도 모른다.

아무튼 이번 사건은 상철이나 그가 몸담고 있는 조직에 큰 의미를, 아니, 파장을 줄 것이다.

스킬러의 능력은 횟수로는 1일 1회, 시간으론 1일 1분 안쪽이라 이를 무시하는 자들도 있다.

현재 대부분 국가에서는 스킬러에 대한 임상 시험과 연구를 치열하게 하고 있다.

대한민국 역시 예외는 아니다.

현성은 공간 이동을 통해 자매를 데리고 집으로 왔다.

처음보다 마음이 많이 진정된 희연은 모두에게 꿋꿋한 모습을 보이려 눈에 띄게 노력했다.

그래도 제 몸에 쌓인 피로와 긴장감은 어쩔 수 없었나 보다.

"희연이는 자니?"

"예, 오늘 고마웠어요, 오빠."

아연은 눈물을 글썽이며 현성에게 감사의 마음을 전했다.

현성이 없었다면 자신은 물론 여동생까지 끝없는 나락에 빠져 괴로움에 몸부림치며 살았을 것이다.

그런 자신들에게 현성은 구원의 빛이 되어주었고, 안식처가 되어주었다.

각박한 요즘 세상에 참 보기 드문 남자였다.

그에 대한 아연의 고마움은 이루 헤아릴 수조차 없었다.

그녀의 이러한 마음은 현성의 눈에도 보였다.

현성은 아연이 안쓰럽기도 하고, 기특했다.

이러한 그의 생각은 곧 그의 내면에서 자매에 대한 책임감으로 자라 자리 잡았다.

"밥은 먹고 자는 게 좋을 텐데."

"희연이도 많이 놀랐었나 봐요. 겉으론 괜찮은 척했지만… 참, 오빠, 밥 차려 드릴까요?"

"아냐, 내가 배고프단 소리가. 그런데 넌… 진짜 괜찮은 거냐?"

"사실 아직 정신이 없어요. 그리고 여전히 무섭고 떨려요."

꼭꼭 억눌렀던 두려움이 터진 듯 아연의 가녀린 어깨가 파들파들 떨리기 시작했다.

제 여동생 앞에서는 든든하고 강한 언니였지만 그녀 역시 관심과 사랑을 필요로 하는 감수성 예민한 여고생일 뿐이다.

현성은 묵묵히 아연의 어깨를 토닥거려 주며 그녀를 위로했다.

그러자 아연은 그의 품으로 파고들며 흐느껴 울었다.

띠리리리링, 띠리리리링.

"전화가 오네. 잠깐만."

아연을 떼어낸 현성은 수화기를 들었다.

"여보세요."

"너도 스킬러였더군. 희연이 고년도 그렇고. 킥킥."

악의적인 감정이 물씬한 음성이 수화기에서 흘러나온다.

현성의 눈빛이 날카롭게 변했다.

그러다 자신을 바라보는 아연의 시선을 의식하곤 본래의 표정으로 돌아간다.

수화기를 손으로 막으며 현성이 아연에게 말했다.

"너도 들어가서 쉬어."

아연은 현성과 좀 더 이야기를 나누고 싶었지만 그가 중요한 통화를 하는 것 같아 자리를 비켜주었다.

그제야 현성은 통화에 집중할 수 있었다.

"너 뭐냐?"

"자매랑 같이 산다는 얘기는 들었지. 밤마다 끝내주는 보양식으로 아랫도리가 호강하겠군."

음탕하고 지저분한 상대의 비아냥거림에도 현성은 담담했다.

이런 도발에 넘어가 이성을 상실하기엔 그의 지난 삶은 그리 호락호락하지 않다.

현성은 이 목소리가 귀에 익었다.

"한심하고 지저분한 놈이군. 쥐구멍에 숨은 것 같은데 그냥 그곳에 얌전히 박혀 있어라. 너 따위랑 노닥거릴 만큼 한가하지 않으니까."

"뭐! 이 개새끼야, 내가 방심해서 당했다고 날 물로 보는 거냐! 너 따위는 한 주먹거리도 안 돼, 이 시발 놈아!"

"그래? 그렇군. 끊는다."

현성의 태도에 상배는 황당함을 느꼈는지 잠시 말을 잃었다.

현성이 진짜 전화를 끊을 것 같단 생각이 든 상배가 소리쳤다.

"전화 끊지 마, 이 개새끼야."

"버릇이 없군."

"이이이… 좋아, 좋아. 내가 참는다, 참아. 잘 들어, 이 장의사 새끼야. 오늘은 운이 좋았지만 그게 언제까지 지속될까? 엉!"

찌릿.

현성의 안광에 힘이 들어간다.

희연을 납치하려던 자들과 이상배가 연관이 있다! 현성은 이 둘이 연관되었을 것이라곤 잠시도 생각해 보지 않았었다.

그에게 이상배는 제 욕구에만 충실한 허접한 양아치의 범주에 머무는 한심한 고삐리다.

반면에 희연을 납치하려던 자들은 대담성과 조직력을 갖춘 자들이다.

한데 그런 자들과 이상배가 한 패거리라니.

그렇다면 이상배가 희연의 납치를 사주했다? 현성은 고개를 내저었다.

놈의 그릇으로는 결코 누군가를 사주하여 움직일 수 있는 위치까지 올라갈 수 없다.

"이상배."

"뭐, 이 새끼야."

"네가 내게 전화한 사실… 네 상관이 알고 있기는 한 거냐?"

현성은 자신의 짐작을 확인하기 위해 의도적으로 상배를 찔러본다.

이에 수화기 너머 상배는 입을 닫았다.

그러곤 한마디 쏘아댄 뒤 곧장 끊었다.

"넌 우리한테 찍혔어!"

뚜우우우우.

생각 없는 고삐리 덕분에 현성은 막막한 상황에서 빛과 같은 정보를 얻었다.

상인을 천시하는 양반은 뒷구멍으로 그들을 거느린다.

상배는 그가 지금 몸담은 조직에서 일확천금을 얻은 멍청한 졸부로 치부될 것이다.

누군가 스킬러를 끌어모으고 있다.

대체 무슨 목적으로?

'희연을 납치하려는 의도가 이런 맥락이라면……'

현성은 눈살을 찌푸린다.

정부의 방침에 따라 스킬러 자진 신고에 순순히 응했다. 혹시 등록 정보가 외부에 노출된 것일까?

아니면, 이상배를 통해 놈들이 정보를 얻은 것일까? 당시 상배의 공격을 막았던 현성은 팔뼈가 부러졌다.

그리고 이를 고친 게 아연이다.

희연의 납치. 그 배경엔 아연을 끌어들이려는 놈들의 수작이 있을 듯싶다.

현성은 후자에 그 생각의 무게가 기울었다.

확실히 찍히긴 찍힌 것 같다.

놈들에게 자신의 정체까지 탄로 났으니.

제5장

밥통의 세계로

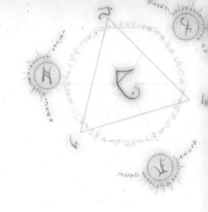

드르르륵.

낡고 오래된 격자형 출입구가 레일을 미끄러진다.

언제나처럼 현성은 제 유일한 취미인 독서를 하다 그 소리에 출입구 쪽으로 고개를 돌렸다.

햇살을 등진 자는…….

"오셨습니까."

현성이 일어나 상대를 맞는다.

그의 가게를 찾아온 손님은 박상철이었다.

최근 현성과 상철은 연락을 자주 주고받았다.

타인과의 지속적인 연락은 현성의 삶에서 그리 흔치 않다.

"한가하군. 누군 발에 땀나도록 뛰어다니게 했으면서. 후후."

현성에 대한 상철의 말투가 전보다 많이 편해져 있었다.

현성은 상철의 말투에 신경 쓰지 않았다.

"앉으세요."

"난 커피."

자리에 앉자마자 이곳이 다방이라도 되는 듯 주문부터 하는 상철이다.

현성은 말없이 커피를 타왔다.

"고마워."

"조짐은 있습니까?"

현성의 말에 상철이 고개를 내젓는다.

"없어. 그리고 혹시나 싶어 스킬러들에 대한 정보 유출을 조사했는데 깨끗해. 그 점은 안심해도 좋아."

"그건 다행이군요."

"현성아."

"예."

"정말 국정원에 들어올 생각 없냐? 요즘 같은 불경기에 공무원이 장땡인 거 너도 알지?"

"전 자영업자입니다. 적성에도 이게 맞습니다."

"쳇, 남들은 피똥 싸가며 공부해서 공무원이 되려고 하는데."

"그들은 그들이고, 전 저니까요."

정부에선 스킬러들을 선별하여 공무원 신분으로 이들을 고용했다.

정부에 고용된 스킬러들은 정부 요인 경호와 국정원, 그리고 국방부에 임용되고 있는 추세다.

항간엔 정부의 스킬러 고용에 항의하는 자들도 있다.

자신들은 죽으라고 공부해서 공무원이 되려고 하는 데 반해 스킬러들은 아무런 노력 없이 안정적인 직업을 구하고 있었기 때문이다.

일반인들에게 스킬러는 상대적 박탈감을 안겨준 대상이 되었다.

그러나 이러한 변화는 그 누구도 막을 수 없는 추세였다.

"네 능력과 젊음이 아까워서 그러지."

"칭찬은 감사합니다. 그보다 아연과 희연이의 안전은 확실하겠죠?"

"걱정 마라. 상부에서도 이번 사건에 깊은 관심을 갖고 있으니까. 그보다 넌 괜찮겠냐? 너도 사람 붙여줄까?"

상철이 우려의 표정을 지으며 현성에게 다시 제안한다.

현성은 고개를 내저었다.

"취약한 곳을 한 군데쯤은 보여줘야죠."

싸움 실력이 탁월한 일반인.

현성은 이상배가 몸담은 조직에서 자신을 그리 보기를 바라고 있었다.

희연의 납치 미수 사건이 발생한 지 오늘로 보름째.

아직 놈들은 이렇다 할 움직임을 보여주지 않고 있었다.

현성의 일상은 변함이 없다.

하지만 그의 마음가짐은 이전의 일상과 달라져 있었다.

"목걸이는 늘 차고 다녀야 한다. 유사시에 그게 네 목숨을 구원할 수 있는 지푸라기가 될 수 있으니까."

그러고 보니 전에 없던 목걸이가 현성의 목에 걸려 있었다.

이 목걸이엔 위치 추적과 무선 통신 장치가 장착되어 있다.

"예, 그런데 무슨 일로 오셨습니까?"

"내 임무가 너와 아연, 희연 자매의 보호인데 들리면 안 되냐?"

"순찰이란 말이군요."

"내가 지구대 순경도 아니고, 순찰이라니. 하아."

박상철은 고개를 내저으며 억울한 표정으로 한숨을 푹푹 내쉬었다.

그의 모습에 현성은 피식거리며 덮어둔 책을 다시 펼쳐 들었다.

"야, 사람 앞에 두고 그럼 안 되지."

"볼일 다 보셨으면 가세요. 전 장사해야 합니다."

"쳇, 보름 내내 너 물건 파는 걸 못 봤다. 그래 가지고 밥은 먹고 사냐? 그냥 들어오지? 공무원 좋잖아."

현성은 더 이상 들을 말이 없다는 듯 상철을 쳐다보지도 않는다.

상철은 현성의 고집과 말 없는 축객령에 혀를 차다 곧 일어난다.

"나중에 들르마."

드르르륵.

상철이 나간다. 현성은 그를 배웅조차 하지 않고 여전히 책에 시선을 고정했다.

매정해도 너무 매정한 현성이다.

*   *   *

"현숙이 누나, 언제까지 손 놓고 지켜보기만 할 건데요?"

불만이 가득한 얼굴로 이상배가 한 여인을 찾아와 불평을 늘어놓는다.

여인은 코에 깁스를 한 상태로, 그 주변엔 시퍼런 멍이 들어 있었다.

그녀는 희연의 납치를 주도한 자들의 유일한 홍일점이었던 여자다. 그리고 현성의 주먹에 코뼈가 무너지는 중상을 입기도 했다.

"이게 안 보여?"

인상을 구기던 여자는 통증이 밀려오자 칭얼거리는 상배를 못마땅한 눈으로 쏘아본다.

이에 잠시 위축되었던 상배는 곧 고개를 빳빳이 세우며 말했다.

"그러니까 제가 뭐랬어요. 저도 데려갔으면 그 자식 제가 반 죽여놓았을 텐데."

"그자에게 넌 졌잖아! 으음."

"지긴 누가 져요. 제가 방심해서 당했을 뿐이라니까. 아우, 씁, 열 받아 죽겠네."

"얌전히 있어. 위에서 지시 사항이 내려올 때까지."

"갑갑해서 그러죠. 무슨 두더지도 아니고."

상배의 불평불만에 현숙은 싸늘한 어조로 한마디 한다.

"다시 그 시궁창 같은 삶으로 돌아가고 싶어?"

현숙의 말에 상배는 움찔거리며 풀 죽은 표정으로 고개를 내저었다.

그제야 현숙은 제 표정을 펴며 부드러운 어조로 상배를 달랜다.

"알았어요. 그런데 언제까지 여기에 있어야 하는 건데요?"

"오찬이가 올 때까지 기다려."

"오찬이 형은 언제 온대요? 쳇, 나도 공간 이동 스킬러였음 좋았을 텐데. 휴우."

"너의 괴력도 놀라운 능력이야. 그러니 넌 여기서 무술이나 수련하며 때를 기다려. 정 심심하면 해변에 가서 놀든가."

"말이 통해야 놀든 말든 하죠. 친구도 하나 없고. 하필 미국엔 왜 와서… 아, 알았어요. 귀찮게 안 할게요."

상배의 짜증 섞인 불만에 현숙이 싸늘한 표정을 짓자 상배는 그 즉시 꼬리를 내렸다.

그런데 미국이라니? 그리고 보니 가옥의 구조와 가구들이 대한민국에선 거의 찾아보기 힘든 것들이었다.

상배가 투덜거리며 밖으로 나가자 박현숙은 진통제를 하나

까서 입에 털어 넣곤 리모컨을 찾아 누른다.

꾹.

검은 화면을 밝은 영상이 꽉 채운다.

화면 속에선 잔뜩 굳은 표정의 아나운서가 격앙된 어조로 속보를 전하고 있었다.

보스턴, 필라델피아, 뉴욕, 시카고, 로스앤젤레스에서 폭탄 테러가 발생했다는 내용이다.

화면은 곧 테러 현장을 보여주었다.

미국 맨해튼 중심가의 모습이 보인다.

거리는 이전의 위엄과 견실한 모습은 온데간데없고 공포와 비명과 거대한 검은 연기 속에서 뿜어지는 화염이 마치 독사의 혀처럼 날름댈 뿐이다.

비분강개한 기자가 현지의 사정을 전하며 화재 진화와 사상자 구조, 경찰의 교통 통제 모습을 비춰준다.

이를 본 현숙은 눈살을 찌푸리다 부상 부위가 아팠던지 잠시 숨을 고른다.

미 정부는 언론 발표에서 이를 '단순한 협박일 뿐이다!' 라고 못 박았었다.

물론 그들 내부적으로는 철저히 준비를 했겠지만 결과가 이렇다 보니 국민들의 질책과 원망은 피할 수 없을 터였다.

문제는 이 테러의 배후와 실행자다.

현숙이 보기에 이번 테러 사건은······.

'스킬러가 동원됐을 가능성이 높아. 그것도······.'

스킬러의 능력은 미국을 적대시하는 아랍권에도 당연히 등장했다.

특히 공간 이동 능력을 지닌 스킬러 둘만 있으면 지구촌 어느 곳이든 순식간에 왕복이 가능하다.

폭탄의 설치와 폭파를 자행하고도 잡히지 않고 유유히 빠져나갈 수 있는 것이다.

다섯 개 도시에서 발생한 폭탄 테러. 공간 이동 스킬러 열 명이면 충분하다.

쾅!

"현숙이 누나, TV 봤어! 방금… 아, 보고 있었구나."

해변으로 가던 상배는 사람들이 다들 굳은 얼굴로 한곳에 모여 있자 무슨 일인가 싶어 기웃대다 화면에서 이를 보게 되었다.

현숙은 말없이 방송을 보았고, 상배는 무슨 뜻인지 알아듣지는 못했지만 분위기를 통해 상황을 느낀다.

그때 TV에 집중하던 이들을 깨우는 전화벨이 요란하게 운다.

*　　　*　　　*

미국에 가해진 폭탄 테러. 초유의 이 사태로 전 세계의 방송사와 신문사가 발칵 뒤집어졌다.

아랍에 근거를 둔 테러 조직의 협박은 늘 존재했다.

실제로 테러에 성공한 예도 있었다.

하지만 이번처럼 미국 다섯 개 도시에서 동시다발적으로 폭탄 테러가 일어나고, 그것이 대단히 성공적으로 막을 내린 경우는 없었다.

대한민국 청와대에선 긴급 국무회의가 열렸다.

미국의 사태는 비단 그들만의 일이 아니다.

지구촌에서 유일한 분단국인 대한민국. 저 북쪽에 웅크린 사악한 괴수 집단 또한 언제든 대한민국을 테러 할 가능성이 높았다.

아무리 검문검색을 강화해 봤자 북쪽이 스킬러를 이용한 테러를 감행한다면 이는 눈 뜨고도 당할 수밖에 없다.

이렇다 보니 긴급 국무회의는 묵직한 긴장감 속에 진행될 수밖에 없었다.

현성은 아연과 희연 자매와 함께 저녁을 먹으며 뉴스를 보고 있었다.

미국에 발생한 전대미문의 대(大)테러 사건은 국내의 모든 채널을 장악하여 보도되고 있었다.

방송마다 나름 전문가라는 자들이 나와 떠든다.

그들의 공통된 발언의 요지는 하나다. 스킬러의 위험성을 부각하고 강조한다는 점이다.

스킬러가 이번 테러 사건에 이용됐음이 밝혀지지 않았음에도.

현성이나 아연, 희연 자매 입장에선 이는 불편한 방송이었다.

현성은 눈살을 찌푸리며 TV를 꺼버렸다.

공간 이동 스킬러.

언론에선 이들을 이용한 테러일 것이라며 단정 짓듯 말했다.

국가의 통제가 노골적이 된다면 그 첫 표적은 현성 같은 공간 이동 스킬러가 될 확률이 높다.

치명적이고 효율적인 전략무기!

이번 미국의 대테러 사건을 통해 세계 각국은 공간 이동 스킬러에 대한 인식에 큰 변화를 맞이할 게 뻔했다.

적이냐 아군이냐!

극단적 이분법과 흑백논리가 이번 사건으로 인해 공간 이동 스킬러들에게 적용될 확률이 농후했다.

"무, 무서운 일이에요."

입맛을 잃은 듯 아연이 숟가락을 내려놓으며 말한다.

희연은 그 옆에서 묵묵히 현성을 본다.

이번 일로 직접적인 타격을 받을 스킬러는 누가 뭐라 해도 공간 이동 스킬러가 될 확률이 높다.

그렇다면 정부에서 어떤 식으로든 현성에 대해 강력한 조처를 할 게 분명하다.

띠리리리링.

현성의 상념을 깨우는 전화벨.

희연이 벌떡 일어나 수화기를 든다.

"아저씨, 박상철이란 사람의 전화예요."

물 한 모금으로 입안을 정리한 현성이 희연에게서 수화기를 넘겨받는다.

자매는 그를 빤히 응시한다.

"전화 바꿨습니다."

"저녁은 먹었냐?"

"예."

"네 집 근처 놀이터인데 나올 수 있냐?"

상철의 목소리는 평소와 달리 묵직했다. 아니, 경직되었다는 느낌이 강했다.

현성은 이번 테러 사건의 배경이 상철의 감정을 좌우했음을 느낄 수 있었다.

"그러죠."

전화를 끊은 뒤 현성은 걱정 가득한 눈으로 자신을 바라보는 자매에게 나갔다 올 것임을 말하고 집을 나섰다.

남겨진 자매는 서로 바라보며 나직한 한숨과 함께 걱정을 드러냈다.

하지만 그녀들이 현성을 위해 해줄 수 있는 일은 아무것도 없었다.

현성의 집에서 놀이터까지는 걸어서 오 분 거리였다.

관리가 안 된 놀이터는 동네의 흉물이 된 지 오래다.

이곳은 밤이면 불량한 청소년들의 아지트이자 영역처럼 여겨졌다.

하지만 오늘은 그러한 녀석들이 눈 씻고 봐도 보이지 않았다.

"여기!"

벤치에 앉은 상철이 현성을 향해 손을 흔든다.

현성은 주변을 살핀 뒤 그에게 걸어갔다.

"앉아라."

말없이 상철의 옆에 엉덩이를 붙인 현성. 그의 표정에선 그 어떤 감정의 빛깔도 드러나지 않았다.

무심과 무뚝뚝함만 평소보다 훨씬 도드라질 뿐이다.

상철이 먼저 말을 꺼낸다.

"뉴스 봤지?"

"예."

"상부에서 공간 이동 스킬러에 대한 파악과 통제 지시가 떨어졌다. 이는 국무회의에서 결정된 일이야. 대한민국의 국민이라면 누구도 정부의 이번 결정을 피해갈 수 없다, 현성아."

"그렇겠지요."

"특수국으로 들어와라. 그 길밖에 없다. 지금의 분위기로 봐선 너와 같은 공간 이동 스킬러를 준테러범으로 규정지을 확률이 높아."

상철은 여러 차례 현성에게 국정원에 들어오길 요청했다.

상철의 요청은 지금 생활에 만족하고 있는 현성에게 번번이 거절당했다.

하지만 이번에는 거절에 따른 불이익이 너무 컸다.

결정은 빠를수록 유익하다.

여기서 더 지체했다간 강제 동원 내지는 강력한 통제 조치가 취해질 수 있었다.

그나마 국정원 특수국엔 안면도 있고 성격도 좋은 상철이 있어 자신의 처지와 상황을 재량껏 도와줄 수 있다.

이를 감안한 현성은 숙고 끝에 상철의 제안을 받아들이기로 결정했다.

"그렇게 하겠습니다."

유비가 제갈량을 얻기 위해 삼고초려를 했다면 상철은 현성을 얻기 위해 그 배의 노력을 기울였다.

현재의 상황이 현성에게 선택을 강요하여 얻은 결과였지만 상철은 그의 결정을 안도의 한숨과 함께 반겼다.

"잘 생각했다. 내일 사무실로 나와."

"한 가지 부탁드릴 게 있습니다."

"응? 말해봐."

"희연의 납치 사건 수사에 저도 참가하게 해주셨으면 합니다."

"그건 곤란한데."

"……?"

"교육을 이수해야 해. 넌 생초짜잖아. 너 권총은 다뤄봤어?"

"아뇨."

"스킬러들은 특채 형태로 정부에 임용되지만 다들 직무와

관련된 교육을 받도록 되어 있어. 뭐, 단기 코스지만. 어쨌든
축하한다. 철밥통의 세계로 진입한 걸!'

신비의 카드.

그 카드를 통해 스킬러가 된 자들은 경제활동에서 소외되다
가 이처럼 큰 기회를 얻게 되었다. 스킬러에 관한 구체적인 법
령이 만들어지지 않아 과도기적인 면이 강한 시기다.

그러나 이번 미국에서 발생한 테러 사건을 계기로 스킬러에
대한 정부와 국민들의 입장이 확고해지게 될 것이다.

당장 위협적으로 느껴지는 공간 이동 스킬러에 한해 정부의
강력한 통제와 규제가 긴급 국무회의에서 채택되었듯, 향후엔
모든 스킬러들이 정부의 통제를 받을 확률이 높았다.

이를 거부하는 스킬러들은 정상적인 사회생활은 물론, 어쩜
범법자 취급을 받을지도 모를 일이었다.

직면한 공포 앞에서 담담할 수 있는 경우는 흔치 않다.

개인이든 사회든 마찬가지가 아닐까 싶다.

"원했던 일이 아니니 저에겐… 부담스러운 일일 뿐입니다."

자리에서 일어선 현성이 못 박듯 말한다.

상철은 파릇파릇한 이십 대 초반의 청년인 현성의 현재 삶
을 이해하지 못했다.

모험, 진취성, 열정, 패기, 목적의식 등등.

상철이 고개를 휘휘 내젓는다.

'이 녀석의 성격부터 확 뜯어고쳐야겠어. 무슨 애늙은이도
아니고.'

현성의 성격을 반드시 고쳐 놓고 말겠다며 상철은 내심 다짐한다.

하지만 지금은 웃을 뿐이다.

"어차피 사람 사는 건 다 똑같아. 너무 부담 느끼지 말고 오늘은 들어가서 푹 쉬어."

상철은 격려의 의미로 현성의 어깨를 가볍게 툭툭 치며 그를 돌려보냈다.

집으로 돌아온 현성을 아연이 가게 앞에서, 희연이 가게 안에서 기다리고 있었다.

"오빠, 무슨 일이야?"

"아저씨, 무슨 일이야? 표정이 밝지 않네."

자매의 질문에 현성은 어깨를 으쓱이고는 계단으로 걸어가며 던지듯 한마디 했다.

"나 취직했다."

그에 대한 걱정으로 발을 동동 굴렀던 자매는 그의 말에 반색하며 각자 한마디씩 한다.

"축하해요, 오빠."

"남자는 확실한 직업이 있어야지. 축하해, 아저씨."

한 어머니 뱃속에서 나왔을 자매건만, 어찌 저리 반응들이 다른지.

현성은 고개를 설레설레 내저으며 자신의 방으로 들어가 버렸다.

내일이면 출근이다.

'…차를 뽑아야 하나?

*　　　*　　　*

긴급 UN 안전보장이사회가 열렸다.

미국, 영국, 프랑스, 러시아, 중국의 다섯 개 상임이사국과 임기 이 년의 비상임이사국이 모두 참석했다.

대한민국은 비상임이사국의 자격으로 이 회의에 참석했다.

비밀리에 개최된 이 회의는 각국 언론의 집중 조명을 받았다.

이번 이사회는 미국의 다섯 개 도시에 대한 테러, 그리고 이를 주도적으로 해낸 스킬러에 대한 국제사회의 공조를 논의하는 자리다.

하지만 이들의 회의를 부정적으로 바라보는 국가들도 있었다.

세계는 지금 스킬러의 등장으로 새로운 국면을 맞게 됐다.

약소국이라 무시했다간 언제 어느 때 테러란 뒤통수를 맞을지 모른다.

국가 안보에 있어 세계 최강이라 자부하던 미국이 그 좋은 예다.

스킬러!

각국은 이들을 전략적인 관점에서 다시 보기 시작했다.

여덟 시간에 걸친 안보리 회의가 끝났다.

이희철 UN 주재 대사는 자신의 사무실로 돌아온 뒤 곧바로 수화기를 들었다.

회의 내용과 그 결과를 기다리고 있을 대통령에게 보고하기 위함이다.

"이 대사, 어찌 되었습니까?"

비서로부터 수화기를 넘겨받은 대통령이 곧장 본론으로 들어간다.

이희철 대사는 오늘 있었던 회의의 주제를 간략하게 설명했다.

스킬러 범죄에 대한 각국의 협조 체제 구축, 테러에 대한 국제사회의 즉각적이고 엄중한 공동 대처, 그리고 이번 회의에서 가장 치열한 논쟁거리가 되었던 국제 스킬러 감시단의 창설과 권한의 폭 등이 바로 그것이다.

국제 스킬러 감시단은 각국의 입장이 첨예하여 그 취지에만 다들 동의했을 뿐 구체적인 내용은 차후의 회의에서 논의하기로 했다.

세계에서 가장 많은 인구를 가진 나라 중국. 모르긴 몰라도 십억이 넘는 엄청난 인구를 가진 중국이다 보니 스킬러의 숫자는 상상을 초월할 것이다.

아직은 모든 국가가 자국 스킬러에 대한 동태 파악에 주력하듯 중국 역시 마찬가지였다.

오히려 넓은 땅덩어리와 인구 때문에 그들의 행정력으로 이 모두를 파악하는 데는 꽤 오랜 시간이 걸릴 것이다.

이렇다 보니 중국 입장에선 이 안건에 부정적인 시각을 갖고 있다.

자신들의 군사력을 공유한다? 어느 누가 이를 반기겠는가.

"국제 스킬러 감시단이라……."

대한민국의 대통령 최무식의 목소리가 수화기 너머에서 잦아든다.

이희철 대사는 이미 회의 내용을 보고했기에 더 이상 할 말이 없었다.

대략 오 분쯤 흘렀을까?

"그 건은 오랜 진통이 예상되는군요, 이 대사."

"스킬러의 활용도가 군사력 증강에 지대한 영향을 미칠 수 있음이 이번 미 테러 사건을 통해 부각되었습니다. 대통령님, 다른 스킬러는 몰라도 적어도 공간 이동 능력을 지닌 스킬러는… 으음, 핵을 장착한 대륙 간 탄도 미사일급이라고 봐야 할 것입니다. 그러니 군사력이 약한 나라에서는 이번 일로 자국의 입지를 공고히 하기 위해 반대를 위한 반대를 하지 않을까 싶습니다. 이러한 조짐은 안보리 회의에 참석한 일부 국가에서도 그 징후가 보였습니다. 특히 중국이 이 안건에 불만을 표시했습니다."

"그들이야 늘 그랬지요. 참, 북한 대사의 동향은 어떻습니까?"

"위험한 무기를 손에 넣은 악동처럼 굴더군요."

이희철 대사의 착 가라앉은 대답이 또다시 수화기 너머 대통령의 침묵을 부른다.

걸핏하면 남한을 협박하던 북한이다.

이런 그들에게 스킬러라는 새로운 무기가 주어졌으니 앞으로 어떤 짓을 벌일지 그들의 지난 행각을 보면 더더욱 미지수다.

스킬러에 대한 국제사회의 인식 변화. 그 조짐이 지표를 뚫고 올라온 용암처럼 강력한 폭발력을 띄고 있었다.

*   *   *

국정원 특수국 출근 첫날, 현성은 이틀 후 연수를 가라는 통보를 받게 됐다.

박상철이 앞서 언급했던 대로였다.

연수 기간은 육 개월. 이에 현성은 불만을 품었지만 정해진 규칙이라는 말에 속으로 삭일 수밖에 없었다.

정부가 이번에 대거 고용한 스킬러들은 전부 현성과 같은 교육을 받도록 되어 있었다.

부르르릉.

십여 대의 버스가 스킬러를 위해 특별히 마련된 연수원을 향해 꼬리에 꼬리를 물고 고속도로를 내달렸다.

이들 차량 주변으로 검은색 승용차 십여 대가 호위하듯 움직였다.

상공에선 두 대의 군용 무장 헬기가 연수생들이 탑승한 차량을 보호했다.

차량마다 두꺼운 커튼이 쳐져 있었는데, 각 차량에 탑승한 인솔자는 커튼을 걷는 행위를 금지시켰다.

그래서 연수생 모두는 자신들이 어디로 가고 있는지조차 알지 못했다.

"형씨는 어떤 종류의 스킬러요?"

현성의 옆자리에 앉은 남자가 나직한 목소리로 말을 붙인다.

인솔자는 연수생들끼리의 잡담을 금지했다.

그러니 현성이 이 남자와 노닥거릴 리 없다.

육 개월은 그냥 '나 죽었다' 라는 마인드로 규칙을 준수하며 지내기로 한 현성이다.

이를 모르는 남자는 현성이 자신을 상대해 주지 않자 옆에서 투덜거렸다.

운전석 좌측 첫 번째 자리에 앉아 있던 깐깐한 인상의 인솔자가 의자를 탁 치며…

"누가 떠들라고 했나?"

깐깐한 조교와 같은 느낌으로 말했다.

투덜거리던 남자는 주위 눈치를 살피더니 잽싸게 잠자는 시늉을 했다.

인솔자가 현성이 있는 곳으로 걸어왔다.

인솔자는 현성이 떠들었다고 여긴 듯 그를 쏘아보며 차갑게 말했다.

"잡담 금지라는 말 못 들었나, 231번 연수생?"

현성의 좌석 앞뒤와 옆 열의 사람들은 그가 떠들지 않았음을 알고 있었다.

하지만 인솔자의 기세가 워낙 사나운 데다 남의 일이라는 생각에 다들 알고도 입을 닫았다.

내심 현성은 옆에 앉아 자는 척하는 남자가 얄미웠다.

그렇다고 이를 일일이 인솔자에게 설명하는 일도 귀찮았다.

현성은 입을 꾹 닫은 채 특유의 무심한 표정으로 인솔자를 보았다.

두 사람의 눈싸움이 허공에서 불꽃을 만들었다.

사람들은 흥미를 띠고 지켜보았다.

"이번 한 번은 봐주겠다. 이후, 다시 잡담을 할 시엔 불이익을 감수해야 할 것이다."

입을 꾹 닫은 채 자신을 바라보는 현성의 태도를 내심 반항으로 규정한 인솔자는 그를 요주의 인물로 기록해 버렸다.

연수원 생활 첫날부터 꼬여 버린 현성이다.

인솔자가 제자리로 돌아가자 자는 시늉을 했던 남자가 실눈을 뜨더니 현성에게…

"미안해."

사과했다.

이 사과를 기분 좋게 받아들일 현성이 아니다.

뒤끝이 남다른 남자가 바로 선우현성이다.

현성은 남자를 무시한 채 창문 쪽으로 고개를 돌린 뒤 눈을 감아버렸다.

국도로 들어선 버스는 드디어 목적한 곳에 도착했다.

그곳은 마치…

"수용소 같은 분위기네."

이 사람의 감상처럼 연수생들 모두는 굳은 표정으로 내심 동의했다.

그러고 보니 각자의 이름을 제거하고 번호를 부여한 것 자체가 이상했다.

이십 대 초반에서 삼십 대 중후반의 남녀들은 잔뜩 위축된 가운데 주변의 눈치를 살폈다.

"빨리빨리 움직여! 빨리!"

각이 잡힌 모자를 쓴 건장한 체구의 남자들이 우르르 달려 나왔다.

이들은 양 떼를 몰아붙이는 노련한 양치기 개처럼 사방에서 그룹을 위협적으로 찢으며 연수생들의 혼을 쏙 빼놓았다.

우르르.

507명의 남녀가 자신의 번호가 해당하는 푯말 앞에 2열로 길게 줄지어 섰다.

야외 단상으로 군복 차림의 사십 대 중후반으로 보이는 남자가 올라와 연수생들을 쭉 훑어보더니 커다란 목소리로 말했다.

"앞으로 육 개월간 여러분들의 훈련을 책임질 총교관 유밀호 대령이다. 조국과 민족을 위해, 그리고 여러분의 장래를 위해서 연수 기간을 무사히 이수하기 바란다. 규칙은 하나다. 절대복종! 오늘은 각자 기숙사로 들어가 편히 쉬기 바란다. 각 교관들은 연수생들을 안내하기 바란다. 이상."

짧고 굵은 인상을 남기며 유밀호 대령은 교관들을 따라 움직이는 연수생들을 바라보았다.

＊　　　＊　　　＊

4인이 한 조로 하나의 방을 함께 쓰도록 되어 있었다.

방 안 구조는 두 개의 2층 철제 침대와 책상과 의자와 옷장이 전부였다.

책상엔 연수생이 지켜야 할 규칙과 현기증을 유발하는 빡빡한 일정표가 놓여 있었다.

다들 이 일정표를 보느라 한동안 서로를 인식하지 못했을 정도였다.

"이것도 인연인데 앞으로 잘해보자고. 난 이성우라고 한다."

성우는 현성과 같은 버스, 그리고 같은 자리에 앉아 왔던 녀석이다.

현성은 성우를 힐끗 본 뒤 침대 2층을 제 잠자리로 정했다.

"이거 무안하게 왜 그래? 아까 일은 내 사과할게. 싫든 좋든 한방 동기잖아."

성우가 현성이 있는 침대 아래에 와서 그를 올려다보며 말했다.

현성은 그를 아예 없는 사람 취급했다.

나머지 두 사람이 이들을 향해 다가온다.

"박남호라고 합니다. 이것도 인연인데 서로 사이좋게 지냈으면 합니다."

"전 유승진이라고 합니다. 반갑습니다."

현성은 기숙사 C동 504호에 배정받았다.

박남호, 유승진, 이성우가 그의 룸메이트다.

박남호는 31세로 1남 1녀를 둔 가장인데, 이곳에 오기 전에 그는 사업 실패로 사채업자들에게 쫓겨 다니며 살았다.

유승진은 군 제대 이 개월 전, 스킬러 능력이 발견되어 자의 반 타의 반 연수생이 되었다.

그리고 마지막 한 녀석, 이성우.

"반갑습니다. 이성우라고 합니다. 앞으로 잘들 지내보자고 요. 하하하."

허우대 하나는 장수감인 이성우. 하지만 하는 행동은 허우 대가 몹시 아깝다.

현성에게 이성우는 상종 못 할 놈으로 찍혀 있다.

현성은 이성우를 쳐다보지도 않고 예의 그 무뚝뚝한 어조로 말했다.

"선우현성입니다."

단체 생활에 익숙하지 않은 현성의 연수원 첫날은 이렇게 막을 열었다.

제6장
반(反)스킬러 정서

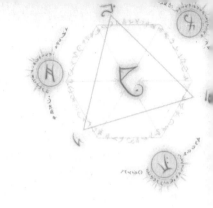

"조상이 짱깨냐?"

현성의 성을 듣자마자 이성우가 나불거렸다.

머리와 입이 따로 노는 타입이 분명하다. 그렇지 않고서야 이럴 수 없다.

남호와 승진은 이성우란 룸메이트로 인해 자신들에게 피해가 오지 않을까 크게 걱정하는 눈치다.

이제까지 현성은 자신의 성 '선우'에 대해서 그리 깊게 생각하지 않았었다.

한데 성우가 자신의 조상 중에 '짱깨가 있냐?' 라는 말을 하는 순간, 자신이 자장면을 그토록 좋아하는 이유가 그 때문이 아닐까 하는, 쓸데없는 생각이 불쑥 들었다.

그러고 보니 이 시간이면…

'자장면 먹을 시간이네.'

상황과 환경이 변했지만 그의 입맛은 여전했다.

"야야, 웃자고 한 말이야. 웃자고! 하하하."

남을 상처 주는 유머는 유머가 아니라 그냥 악담일 뿐이다.

박남호와 유승진이 인상을 쓰며 자신을 보자 성우는 손을 휘휘 내저으며 이리 말했다.

순간적으로 현성은 2층 침대에서 날라 차기를 시도할 뻔했다.

당연 착지점은 이성우의 면상이다.

하지만 그는 이를 실행하지 않았다.

조용하고 무난하게 연수원 생활을 보내고 싶어서다.

때마침 방 안에 설치된 스피커에서…

"기숙사 동 앞으로 오 분 이내에 집합합니다. 일 초라도 늦으면 저녁은 굶을 줄 아십시오!"

애도 아니고, 밥 안 준다는 걸로 협박한다.

하지만 다들 점심을 먹지 못한 상황이라 몹시 허기진 상태였다.

더욱이 훈련 일정을 보니 이건 체력전이 요구되는 신병 훈련 소(小)코스다.

이성우가 잽싸게 복도로 튀어나간다.

그 뒤를 유승진이 따라가려다 멈칫하더니 어색한 표정으로 박남호와 현성을 보며…

"군대 다시 왔다 생각하지 말입니다."

군인 특유의 말로 이리 말했다.

그러자 오래전에 병장 제대한 박남호의 인상이 그 순간 와락 일그러진다.

그러곤 처연한 얼굴로 이리 말한다.

"초코파이를 좋아하게 될 날이… 돌아올 줄이야."

이것이 진정한 유머다, 인생이 담긴.

*　　　　*　　　　*

이 개월 후.

대인 관계에 있어 적극적이지도 않고 원만한 성격도 아닌 현성이다.

누군가에게 먼저 말을 걸지도 않았고, 힘들어도 힘들다 불평 한 번 하지 않았다.

그저 묵묵히 주어진 일만 할 뿐이다.

이런 현성의 생활 태도를 만만히 보는 자들도 있었다.

특히 이성우의 태도가 도를 넘어섰다.

연수원 생활을 있는 듯 없는 듯 무난하게 넘기려던 현성은 이성우 때문에 이를 포기했다.

현성은 기다렸다. 연수원 규칙에 어긋나지 않는 최적의 상황이 오기를 말이다.

그러던 어느 날, 격투기 교육 일정이 잡혔다.

"221번 연수생과 대련하겠습니다."

연수 기간 내내 적극적으로 나서지 않던 이가 바로 현성이었다.

하지만 오늘의 현성은 꽤나 적극적으로 나서고 있었다.

그의 창백한 느낌의 하얀 피부는 어느새 햇살에 그을려 까무잡잡해졌다.

얼굴에서 하얗게 빛나는 부분은 눈과 치아뿐이다.

이는 다른 이들도 마찬가지다.

현성의 지목을 받은 이성우는 헛웃음과 함께 활갯짓을 하며 대련장으로 걸어 나왔다.

성우 역시 현성이 자신을 내내 무시했기에 내심 그를 벼르고 있었다.

서로 바라보는 두 사람의 눈에서 강렬한 불꽃이 튀었다.

교관은 이들의 분위기가 건전한 대련이 아닌 싸움에 가까운 쪽으로 흐를 거란 것을 눈치챘지만 이를 모른 척했다.

두 사람에게 보호구는 지급되지 않았다.

치료 능력을 지닌 연수생도 있으니 다치면 그 즉시 치료를 받을 수 있었다.

뼈가 부러지고, 피가 터지고, 내장이 박살 나도 이들이 있는 이상 백 퍼센트 완치가 가능하다.

예전에 아연의 능력으로 부러진 팔이 금세 회복된 경험이 있던 현성은 이를 적극 감안했다.

화르르륵.

투지의 불꽃이 현성의 전신을 감싼다.

"내가 왕년에 한 주먹 했거든. 이것저것 단증 합치면 팔 단이야, 팔 단!"

이성우가 자신의 왕년을 떠벌리며 기선 제압에 나섰다.

여기에 주눅 들 현성이 아니다.

오히려 상대에게 실력이 있으니 더 강하게 나가리라 작심한다.

이를 알 리 없는 이성우는 대련은 시작도 안 했는데 벌써부터 김칫국을 마신다.

말없이 자신을 빤히 응시하는 현성의 태도를 보며 성우는 그가 겁을 먹은 것으로 해석했다.

이러니 더욱더 기가 살아 입방아를 찧는다.

"걱정 마라. 설마 룸메이트인 널 걸레처럼 만들기야 하겠어. 킥킥."

"221번, 잡담 그만하고 시작해라."

보다 못한 교관이 엄한 목소리로 소리치자 그제야 이성우는 어슬렁거리며 현성을 향해 접근했다.

현성에게선 긴장감이 전혀 보이지 않았다.

평소와 다름없는 모습이다.

이쯤 되면 현성을 경계할 법도 한데 이성우는 전혀 그러지 않았다.

자신의 단증과 덩치를 신뢰하고 있었다.

훈련에 참석한 대다수의 연수생들은 이성우의 압도적인 승리를 예상했다.

겉으로 드러난 전력에 큰 차이가 있었기 때문이다.

"간다!"

성우가 크게 소리치며 현성을 향해 달려든다.

동작도 크고, 공격도 미리 알린다.

현성의 눈매가 가늘어진다.

그리고 그 순간 현성도 앞으로 뛰어나갔다.

성우의 주먹이 현성의 얼굴을 노리고 짓쳐 들었다.

가속도가 붙은 성우의 주먹은 상당한 위력을 담고 있었다.

하지만 여기에 맞아야 그 위력이 발휘될 텐데…….

현성은 자신의 얼굴을 향해 날아오는 성우의 팔목을 살짝 쳐내 공격 방향을 틀어버린 뒤 제 주먹을 뻗었다.

수면을 유영하는 유연한 뱀처럼 현성의 주먹은 표적에 정확하게 꽂혔다.

빠아아아아아아—악!

현성의 정권에 정확하게 인중을 가격당한 성우의 몸이 공중에 붕 떠오르더니 쿵 하고 바닥에 떨어졌다.

순식간에 벌어진 일이었다.

"크아아악!"

이성우의 앞니 두 개가 박살 나며 뿜어진 핏줄기에 섞여 날아올랐다.

고통에 몸부림치던 성우는 분노와 당혹감, 그리고 고통에 정신을 반쯤 놓은 상태로 몸을 일으켰다.

성우의 상체가 완전히 서기 전 현성은 그를 향해 곧장 달려가 무릎으로 그의 얼굴을 가격해 버렸다.

앞서와는 비교도 안 될 파골 음이 실내 운동장을 가득 메웠다.

지켜보던 교관이나 연수생들 모두는 질린 표정으로 부르르 떨었다.

큰 덩치의 성우는 타의에 의해 다시 한 번 허공에 떠올랐다.

쿠우우우우—웅!

앞의 추락과는 비교도 안 될 충격음이 수면의 동심원처럼 퍼져 나간다.

얼굴이 피범벅이 된 성우는 대자로 뻗어 기절해 버렸다.

창백한 정적이 실내 운동장을 장악한다.

현성은 고개를 돌려 교관을 보았다.

그 시선에 그제야 교관은 정신을 차렸다.

"시, 심하지 않나?"

기절한 성우를 살핀 교관은 대기 중이던 치유의 스킬러를 호출했다.

치유의 힘이 성우의 전신을 안마하자 상처는 금세 아물었다.

하지만 치유의 스킬러도 치유하지 못한 게 있었다.

성우의 몸에서 분리된 앞니 두 개와 탈출한 그의 정신.

"이건 어쩌죠?"

성우를 치유한 스킬러가 난처한 표정으로 이빨 두 개를 가리킨다.

교관은 고개를 내저으며 다른 이들을 시켜 의식을 차리지 못한 이성우를 데려가도록 지시했다.

현성을 바라보던 교관은 낮게 한숨을 내쉬었다.

이날 이후, 현성에 대한 이성우의 가벼운 언행은 완전히 사라졌다.

한 방 맨!

이성우를 순식간에 때려눕힌 현성에게 붙은 별명이다.

*   *   *

연수원의 교육과정은 기존의 공무원 연수 과정에 신병 훈련 과정을 버무려 놓은 것이었다.

이는 스킬러인 연수생들이 제멋대로 행동할 것을 우려 했기 때문이었는데, 이러한 교육 방법으로 인해 연수생들의 원성과 공분을 샀다.

연수 과정에서 낙오된 자들도 더러 발생했다.

그들은 검은색 차량에 태워 어딘가로 보내졌는데 그곳이 어딘지는 전혀 알 수 없었다.

그저 추측만 할 뿐이다.

연수생들은 그 차량을 볼 때마다 꼭 장례식에 사용되는 리무진 같은 분위기라고들 했다.

현성은 사람들의 그 말을 들을 때마다 친근한 느낌을 받곤

했다.

일주일에 한 번씩 시행되는 심리검사, 고강도 체력 훈련, 사격, 격투술, 국가관 확립과 윤리 교육 등등 몹시 힘든 나날이었다.

그래도 다들 이를 악물고 버텼다.

연수를 끝낸 뒤 자신들에게 펼쳐질 미래를 기대했기 때문이다.

하루가 일 년 같은 삶. 하지만 끝날 것 같지 않던 그 지옥 같은 연수원 생활도 오늘로 끝이었다.

"와아아아아아―!"

"나 이제부터 공무원을 존경하기로 했다."

연수원생들은 눈물을 흘리며 서로 부둥켜안고 울었다.

남자와 여자의 구분이 없었다.

그냥 다들 얼싸안고 아이처럼 울 뿐이다.

다들 목이 터져라 외친다.

'만세' 라고.

자신들이 무사히 지옥을 뚫고 생존했음에 모두가 한마음으로 기뻐했다. 다들 홀가분한 표정을 드러냈다.

그날 연수원에선 연수생들을 위해 캠프파이어를 준비했다.

이날은 악랄했던 교관들도 연수생들과 함께 먹고 마시며 날이 샐 때까지 음주 가무를 즐겼다.

그 밤의 음주 가무는 교관들을 향한 연수생들의 응어리진 가슴을 녹여 버렸다.

"사회에 나가면 우리 제대로 한잔하자."

밝은 표정의 박남호가 동생들과 일일이 악수하며 후일을 기약한다.

이성우, 유승진, 선우현성.

이성우와 현성은 그날 격투기 실습장에서의 사건을 잊고 사이좋게… 는 아니지만 서로 신경을 건드리지 않는 선에서 무난하게 지냈다.

두 사람의 관계는 아직도 어색하다.

그러나 이러한 관계도 오늘로 끝이었다.

각자의 짐을 기숙사에서 챙긴 네 사람은 연수원 대운동장에 대기하고 있던 버스에 탑승했다.

처음엔 서로 어색하게 여겼던 연수생들은 지금은 많이 친해져 있었다.

물론 수백이 되는 사람들 모두가 친해질 리는 없다.

버스는 모두의 피와 땀이 녹아 있는 연수원 건물을 뒤로하고 떠났다.

올 때는 두꺼운 커튼이 쳐졌던 창문. 지금은 그 커튼이 치워지고 없다.

부아아아앙.

속도를 내며 달리는 버스. 스쳐 가는 경물들에 가을이 녹아들어 있다.

모두가 아이처럼 와아 소리치며 난리도 아니다.

하긴, 육 개월간 외부와 철저히 격리된 채 생활했으니 이들의 이러한 환호는 어쩜 당연할지도…….

*　　*　　*

육 개월간의 격리 생활 후 돌아온 세상은 많은 것이 바뀌어 있었다.

미국의 주도하에 테러 집단에 대한 무차별적인 섬멸 작전이 아랍 곳곳에서 벌어져 아랍인들의 반미 감정을 키웠다.

이에 테러 집단도 보복에 나서 세계 곳곳은 테러의 위협으로 직접적인 피해를 보기도 했다.

당연히 스킬러에 의한 테러다.

대한민국 역시 북한의 새로운 협박 카드에 매일 시달렸다.

대한민국 정부는 스킬러임에도 이를 신고하지 않은 자들에 대한 강력하고 끈질긴 추적에 들어갔다.

스킬러를 전면에 내세운 테러. 북한의 협박은 대한민국 땅에서 스킬러의 인권을 사각지대로 내몰았다.

이런 사회 분위기에 기름을 끼얹듯 언론은 스킬러의 범죄 사실을 집중 보도했다.

일반인들이 저지르는 범죄에 비해 그 수치가 미미함에도 말이다.

여당의 한 중진 국회의원이 스킬러들에게 전자 발찌를 채워 정부가 관리하자는 강도 높은 의견을 내놓았다.

이 발언을 한 국회의원은 얼마 후 의문의 화재 사고로 목숨을 잃었다.

사람들은 스킬러가 이 국회의원을 암살했다고 믿었다.

"스킬러들에게 전자 발찌를 채워라!"

"스킬러를 격리하라!"

"내 주변에 스킬러가 있는 걸 난 용납할 수 없다!"

대한민국 전역이 스킬러에 대한 증오로 들끓었다.

이러한 열풍은 의아하게도 대한민국에만 국한된 현상이었다.

다른 나라들의 경우, 정부와 언론이 나서 스킬러의 인권과 자유를 보장해야 한다며 앞장서 국민을 계몽했다.

물론 그 나라의 모든 국민이 스킬러에게 우호적이지는 않다.

그들 내부에서도 반(反)스킬러 집회가 열렸다.

그러나 그들의 열기와 집회 강도는 대한민국 같지는 않았다.

이러한 사회적인 분위기를 견디지 못한 스킬러들은 가족과 함께 망명길에 올랐다.

이들을 적극적으로 받아준 나라는 의외로 많았다.

스킬러의 망명이 줄을 잇자 일부에선 정부와 언론이 나서 지금의 과열 양상을 잠재우고 보다 냉철한 안목을 국민들에게 갖게 해야 한다는 자성의 목소리를 냈다.

문제는 이성적인 이들의 목소리에 대한 국민의 반응이다.

싸늘한 시선에 목소리는 바람 앞의 촛불처럼 사라져 버렸다.

이런 어수선한 분위기에 직면한 현성과 스킬러들은 아연실색하지 않을 수 없었다.

소풍 전날의 아이처럼 들떠 있던 수료생들의 표정은 삽시간에 먹구름으로 가득 찼다.

각자 돌려받은 핸드폰으로 집에 연락하기 바빴다.

현성은 사람들의 눈을 피해 한 건물의 화장실로 들어갔다.

파앗!

개인의 이익을 위해 능력 사용을 금지한다는 서약서에 서명은 했지만 지금은 그걸 따질 때가 아니었다.

가족과 다름없는 아연과 희연 자매의 안위 앞에선.

파앗!

현성은 육 개월 만에 집으로 돌아왔다.

그는 연수원으로 떠나기 전보다 더 건강해졌고, 더 강해져 있었다.

두드릴수록 더욱 강해지는 쇠처럼.

벌컥.

현성의 방은 주인이 육 개월이나 비워두었음에도 먼지 하나 없이 깨끗했다.

이는 누군가 매일 청소를 해주었기에 가능한 일이다.

방문을 열고 나간 현성은 자매의 방문을 노크했다.

그러다 시간을 보곤 몸을 돌렸다.

지금은 자매가 학교에 있을 시간이기 때문이다.

띠리리릭.

현성의 핸드폰이 울린다.

액정에 뜬 상대의 이름을 확인한 현성은 통화 버튼을 눌렀다.

상대는 박상철이었다.

"현성아, 어디냐? 너 마중 나갔는데 안 보이더라고."

"집입니다."

"벌써?"

"예."

"오늘은 피곤할 테니 집에서 쉬고, 내일 만나자."

"알겠습니다. 그런데 제가 없는 동안 아연이와 희연이에게 일은 없었습니까?"

"다행히 문제는 없었어. 놈들이 무슨 속셈인지… 하아, 그거도 내일 만나서 얘기하자. 나도 바빠."

"예, 알겠습니다."

전화를 끊은 현성은 집 안 여기저기를 둘러본 뒤 씻고 거실에서 TV를 켰다.

세상과 단절된 곳에서 육 개월여를 지내다 보니 세상이 어찌 돌아가는지 전혀 알 수 없었다.

그런 상황에서 돌아와 보니 반스킬러 집회가 열풍처럼 불고 있었다.

연수원 수련생들 모두 이에 적잖은 충격을 받았다.

TV에서는 스킬러를 미워하는, 아니, 그 정도를 넘어선 증오에 가까운 국민 정서에 대한 분석과 토론이 방송되고 있었다.

생방송은 아니고 재방송이었다.

상대적 박탈감.

반스킬러 정서에 대한 어느 학자의 발언이 현성의 귀에 쏙 들어온다.

장기화한 경기 침체. 그로 말미암아 취업은 빙하기에 빠져들었다.

그 오랜 빙하기에서 어찌하든 살아보려 노력하던 수십만의 취업 준비생과 명퇴를 걱정하며 매일매일 가시방석에 앉은 것처럼 직장에 다니는 장년층. 그들의 억눌러진 분노와 불안감의 봉인은 정부의 친스킬러 정책으로 해제되어 버렸다.

그리고 여기에 불을 지른 한 국회의원의 의문의 사고사.

뒤숭숭한 사회처럼 언론의 보도 역시 음울한 대한민국의 오늘을 적나라하게 보여주었다.

여기에 자살과 학교 폭력과 가정불화로 인한 가출, 성매매, 마약, 북한의 위협 등등.

속도 곪고, 밖도 곪아 들어가고 있었다.

삐.

현성은 TV를 꺼버렸다.

육 개월 전이나 지금이나 세상은, 아니, 대한민국은 여전히 그 자리에 진득하게 머물러 있었다.

"배고프네."

현성은 중국집에 전화를 걸었다.

밖에 나가면 제일 먼저 자장면과 군만두를 마음껏 먹겠다던 자신의 위장과의 약속을 지키기 위해.

＊　　＊　　＊

아연은 학교장의 직권으로 5교시만 들었다.

점심시간에 한 학우가 옥상에서 투신한 사건 때문이었다.

"투신자살한 애가 스킬러였다며? 왜 죽었을까? 우리처럼 장래 따윈 걱정할 필요도 없었을 텐데 말이야."

"듣기로 걔 집단 성폭행을 당했대. 그 때문에 걔 부모님이 신고하러 경찰서에 가다 교통사고를 당하셨다나 봐."

"어머, 그게 정말이야?"

"나도 들은 이야기야."

"어머, 무섭다."

소문은 연기와 같다. 보이나 잡을 수 없고, 쫓아가면 허공에서 흩어져 버린다.

아연의 학교는 온통 투신자살한 스킬러 여학생에 대한 이야기로 가득했다.

"아연아, 같이 가자."

"나 희연이 학교에 가봐야 해."

"왜? 희연이한테 무슨 일 있는 거야?"

"그건 아니고, 희연이랑 같이 집에 가려고."

"쳇, 누가 여동생바보 아니랄까 봐. 알았어, 그럼 내일 봐."

"응, 잘 가, 승희야."

멀어지는 친구의 뒷모습을 잠시 지켜보던 아연은 희연이 다니는 성호 중학교로 향했다.

중간에 구청이 있어 그 앞을 지나던 아연은 피켓을 든 집회자들을 볼 수 있었다.

요즘은 어디서나 흔히 볼 수 있는 장면이다.

하지만 저들의 집회는 언론의 집중 조명을 받고 있는 반스킬러 집회가 아니다.

재개발사업을 반대하는 원주민. 그중에서 세입자들이 모여 집회를 하고 있었다.

"어? 너, 아연이 아니니?"

"아, 안녕하세요."

아연을 아는 척하고 다가온 여자는 그녀가 전에 세 들어 살던 집의 주인아주머니였다.

별로 반갑지 않았지만 상대가 자신보다 연장자이고, 또 먼저 아는 척을 해왔기에 아연은 지난날의 감정을 감추며 인사했다.

"몰라보게 예뻐졌네. 하긴, 전에도 예쁘긴 예뻤지. 내년엔 삼 학년에 올라가지?"

"예."

"요즘 취업이 어렵다던데 잘되려나 몰라. 우리 옆집에 살던 영숙이 알지? 걔가 글쎄 집에단 회사에 취직됐다고 해놓곤 성매매를 했대. 그 때문에 영숙이네가 발칵 뒤집어졌지 뭐야. 넌 그러지 마라. 없이 살아도 여자가 제 몸 함부로 굴리는 건 아니다. 그래, 가봐라."

아연은 전 집주인 여자로부터 이 말을 듣자 기분이 나빠졌다.

여자의 말투는 마치 아연이 성 접대부라도 될 것 같다는 뉘앙스를 풍기고 있었기 때문이다.

화가 났지만 아연은 이를 따지지 않았다.

속으로만 삭일 뿐이다.

"예."

아주머니가 구청 앞에 모인 집회자를 보며 연방 투덜거린다.

"내 집 내가 팔겠다는데. 뭔 상관이람. 쳇!"

재개발사업에서 이익을 볼 사람들은 집주인들이다.

그들은 월등한 조건의 구두계약을 이미 해놓은 상태였다.

이렇다 보니 집회자들이 못마땅한 것은 당연했다.

아연은 고개를 내저으며 잠시 측은한 눈으로 집회자들을 보았다.

막다른 곳에 내몰린 자들의 절박한 심정이 그들의 표정과 목소리에서 잔뜩 묻어 나고 있었다.

미분양 된 집이 수도권에만 수만 채라고 한다.

전국적으로는 더 많을 것이다.

한데도 제 한 몸 뉘일 방 한 칸이 없어 절절매는 사람들이 부지기수다.

'현성 오빠가 아니었다면…….'

아연이 바라보는 청명한 가을 하늘에 현성의 얼굴이 떠오른다.

척척척척.

군홧발 소리가 뒤쪽에서 들려오자 아연은 깜짝 놀란 표정으로 몸을 돌렸다.

투구와 방패와 시커먼 몽둥이로 무장한 한 무리의 남자가 대오를 맞춰 집회자들을 향해 다가가고 있었다.

구청 앞에서 집회를 하던 사람들은 애들을 업고 안은 아주머니들과 노약자들이 대부분이다.

남자들은 생업 때문에 집회에 거의 참석하지 못했다.

순식간에 구청 앞으로 팽팽한 긴장감이 흘렀다.

아연은 길옆으로 물러나 벽 쪽에 몸을 밀착하듯 섰다.

다른 행인들 역시 놀랐던지 멀찍이 떨어지거나 길을 우회해서 갔다.

"당장 집회를 해산하고 돌아들 가세요. 여러분의 집회는 명백한 불법입니다."

확성기를 든 경찰 간부가 고압적으로 소리친다.

집회자들은 똘똘 뭉쳤다.

겁에 질린 아이들의 울음소리가 집회 무리에서 터져 나왔다.

"집회 신고를 의도적으로 방해한 재개발 조합과 건설 회사의 불법은 묵인하고, 왜 못 먹고 못 사는 우리만 불법을 했다고 하냐! 우리도 제발 살자, 살자고!"

울분에 찬 한 남성이 앞으로 나와 비분강개한 목소리로 외쳤다.

확성기를 든 경찰은 얼토당토않은 이야기라며 이 남자에게 무고죄에 대해 장광설을 늘어놓았다.

도대체 누굴 위한 경찰일까? 아연은 눈앞에서 펼쳐진 상황에 씁쓸함을 느꼈다.

"절대 물러설 수 없다! 차라리 날 잡아가라, 잡아가!"

"오 분의 시간을 주겠습니다. 그때까지 물러갈 의사를 보이지 않는다면 법 집행에 들어갑니다."

집회자들의 얼굴에 긴장감이 가득하다. 슬픔이 그 주름지고 까끌까끌한 얼굴에 깊이 스며 있다.

이런 일은 왜 방송에 안 나갈까.

아연은 겁먹은 집회자들의 표정을 보며 내심 한숨을 내쉬었다.

"쯧쯧, 한심한 것들. 이사비 주면 그거나 챙겨서 고맙습니다 하면서 넙죽 절하고 꺼질 것이지. 뭔 집회야, 집회가. 다 살 만하니까 저러는 거야. 먹고살기 바쁘면 집회에 어떻게 참석하겠어."

"그렇지. 한 푼이라도 더 뜯어내려는 야비한 속셈이야. 없는 것들이 더 악다니까."

고급스러운 옷차림에 뒷짐 진 자세로 집회자들을 험담하는 자들.

아연은 이들의 말에 기가 막혔다.

저들이 집회자들의 삶 속에 단 하루라도 들어간다면 절대 그런 말은 하지 못할 것이다.

저들의 삶을 알기에 아연은 뚫린 주둥이로 아무렇게나 나불대는 남자들에게 분노를 느꼈다.

"뭘 봐?"

성난 아연의 눈이 자신들을 바라보자 한 남자가 눈을 부라리며 말했다.

있어 봐야 마음만 상할 것이기에 아연은 고개를 내젓고 몸을 돌렸다.

그녀의 태도가 마음에 들지 않았는지 남자가 아연을 향해 성큼성큼 걸어와서는 다짜고짜 그녀의 뒤통수를 때렸다.

주변엔 경찰들이 쫙 깔려 있었다.

한데도 이 남자는 그들의 시선 따위는 아랑곳하지 않았다.

"악!"

아연은 쇠망치로 뒤통수를 맞은 듯 머리가 멍해져 그 자리에 주저앉았다.

경찰들은 이를 보고도 방관했다.

이를 본 집회 참석자들이 남자를 욕하며 경찰들에게 저런 놈 안 잡아 가느냐며 소리쳤다.

경찰은 그 말을 못 들은 듯 집회 해산만 종용했다.

"어린 계집년이 어른 말씀하시는데 어딜 돌아서! 꼬락서니를 보니 여상 다니는군. 쯧쯧, 역시 못 배운 것들은 티가 나, 티가."

남자의 말에 아연은 몹시 화가 났다.

"김 사장, 그만해요. 저런 애들 건드려 봐야 골치만 아파요."

아연의 뒤통수를 때린 남자가 지갑에서 수표 한 장을 꺼내더니 거지에게 동냥하듯 던졌다.

"이거나 먹고 꺼져라. 쓸데없이 떠들고 다니면 너만 손해야. 꺼져, 이년아."

남자는 제 일행이 있는 곳으로 걸어가 버렸다.

억울하고 분한 마음에 아연은 눈물이 솟구쳤다. 남자가 던져 준 수표 따윈 눈에 보이지도 않았다.

욕이라도 한번 속 시원하게 퍼붓고 싶었다.

하지만 그녀의 성격상 그건 도저히 불가능한 일이다.

"여기서 뭐 하냐?"

세상에 버려진 듯한 비참한 기분에 망연자실 서 있던 아연은 귀에 익은 목소리가 뒤에서 들리자 설마 하는 표정으로 고개를 돌렸다.

슬리퍼를 신고 검은 봉지를 든 푸른색 추리닝 차림의 남자가 그녀를 빤히 보고 서 있었다.

전형적인 동네 백수 스타일의 남자는 현성이었다.

"혀, 현성 오빠!"

설움과 반가움이 북받친 아연은 곧장 현성의 품속으로 뛰어들었다.

그러곤 펑펑 울기 시작했다.

현성은 그 특유의 무심한 표정으로 아연의 등을 토닥거렸다.

그때 의경들이 집회자들을 공격했다.

주변은 삽시간에 전쟁터처럼 시끄럽고 살벌해졌다.

아연을 다독인 현성은 바닥에 떨어진 수표를 주웠다.

"오빠, 그거……."

"이거 들고 기다려 봐라."

현성은 아연에게 들고 있던 검은 봉지를 맡긴 뒤 그녀를 때린 남자를 향해 곧장 걸어갔다.

마침 남자도 아연과 현성을 보고 있던 참이었다.

남자가 인상을 와락 쓰며 현성에게 한마디 한다.

"뭐 이런 한심한 백수 새끼가 다 있어."

약자를 무시하는 게 습관인 남자다.

"이거 받아."

남자는 자신이 아연에게 던져준 수표를 도로 내미는 현성을 보며 '꼴에 자존심은 있구나!' 라고 말했다.

그러나 그는 모르리라. 현성이 건네준 이 수표의 참 의미를.

빠악!

남자가 수표를 받자마자 현성의 주먹이 남자의 콧잔등에 정확하게 내려꽂혔다.

두툼한 살집의 남자는 현성의 주먹 한 방에 멀리 나가떨어졌다.

얼굴이 피범벅이 된 남자가 악에 받쳐 고래고래 소리쳤다.

아연이 남자에게 뒤통수를 맞고 쓰러졌을 때만 해도 방관하던 경찰 간부가 이번엔 즉각 개입했다.

"이 자식이 경찰이 보는 앞에서 폭력을 써! 야, 저 깡패 새끼 잡아!"

경찰 간부가 부하들에게 지시를 내리곤 쓰러진 남자에게로 쪼르르 달려간다.

그 모습에 현성은 기가 찼다.

한편, 현성이 자신을 위해 복수를 해주자 아연은 통쾌함보단 걱정이 앞섰다.

요즘 스킬러에 대한 국민들의 반감은 무서울 지경이다.

자칫 이 일로 현성에게 큰 불이익이 떨어지면 어쩌나 싶어 걱정이 태산처럼 커지는 아연이다.

경찰들이 현성을 붙잡았다.

현성은 반항하지 않았다.

그런데도 경찰들은 반항하는 범인을 잡듯 거칠게 그를 다루었다.

놀란 아연이 달려와 경찰들에게 매달렸다.

경찰이 그녀의 손을 뿌리치자 아연은 뒤로 엉덩방아를 찧고 말았다.

현성의 눈에 또다시 힘이 들어간다.

"개 같은 새끼들!"

순순히 체포당하던 현성은 욕설을 토하며 수갑을 채우려던 경찰의 손목을 꺾어 그 동료에게 밀어붙였다.

두 경찰이 함께 넘어지자 주변에 있던 경찰들이 우르르 달려들었다.

현성은 이들을 매섭게 노려보며 앞으로 뛰쳐나가려 했다.

"안 돼, 안 돼, 오빠!"

아연이 소리쳐 현성의 이어질 행동을 저지했다.

현성의 가슴속에서 분노의 불길이 활활 타오른다.

퍽퍽퍽퍽.

현성을 향해 경찰들의 주먹과 발길질이 소낙비처럼 쏟아졌다.

현성은 쓰러지지 않으려고 버텼다.

그럴수록 폭력의 강도는 더욱더 심해졌다.

결국 현성은 바닥에 쓰러졌고, 경찰은 그의 팔을 꺾어 수갑을 채웠다.

단단하고 거친 바닥에 얼굴이 짓눌린 현성의 눈이 울고 있는 아연을 담고 있다.

그는 아연에게 걱정 말라고, 괜찮다고 말해주려 했다.

하지만 위에서 너무 누르다 보니 그 말은 그의 입안에서 산산이 부서졌다.

그때 콧잔등을 움켜쥔 김 사장이란 남자가 현성을 향해 달려와선 그를 밟아대기 시작했다.

경찰들이 이를 말렸지만 앞서 현성을 체포하던 것과 달리 몹시 부드러웠다.

"아악!"

"으아아아아앙."

집회자들 사이에서 비명과 울음이 터진다.

약자들의 비명이었고, 가난하고 소외당하는 자들의 피 울음이다.

퍽퍽퍽!

"그래, 그래, 다 죽여라! 다 죽여! 흑흑흑."

띠리리리릭.

박상철은 전화 한 통을 받았다.

울음이 섞인 급박한 목소리의 여자였다.

"아연이 아니냐? 천천히 말해. 뭐? 현성이가? 거기 어디냐? 알았다. 지금 당장 가마."

사무실을 박차고 나온 상철. 그의 돌발적인 행동에 직원들이 깜짝 놀란다.

상철은 그들에게 설명도 없이 곧장 주차장으로 향했다.

마침 사무실로 돌아오던 이인경과 마주쳤다.

"어디 가요?"

"경찰서."

"거긴 왜요?"

"문제가 생겼어. 이 길로 퇴근할지 모르니까 그리 알아."

상철이 제 차에 타자 인경이 재빨리 조수석에 탄다.

"왜?"

"같이 가요. 우린 파트너잖아요."

"쳇, 알았다."

상철이 가속 페달을 밟는다.

부아아아앙.

*   *   *

상철의 도움으로 현성은 풀려나와 집으로 돌아올 수 있었다.

하지만 그가 받은 모멸감과 세상에 대한 그의 부정적인 시각은 되돌릴 수 없을 만큼 커져 버렸다.

뒤늦게 현성의 일을 전해 들은 희연은 그녀답지 않게 몹시 격분했다.

현성의 얼굴과 몸 여기저기에 난 상처와 피멍 자국은 아연의 치료로 흔적조차 찾을 수 없었다.

현성이 아연에게 맡긴 검은 봉지엔 삼겹살이 들어 있었다.

지지지직.

삼겹살이 불판에서 갈색으로 익어간다.

다들 현성의 집 옥상에 모여 있다.

여기엔 박상철과 이인경도 있었다.

"한 잔 받아라."

상철이 현성의 잔에 소주를 따르며 오늘 일은 잊으라며 위로했다.

현성은 말없이 단숨에 이를 비운 뒤 하늘을 올려다보았다.

시커먼 하늘이다.

오늘따라 별도 안 보인다.

아니, 서울의 밤하늘은 원래 별을 보기가 힘들다.

깜깜한 하늘. 저 하늘이 마치 이 땅의 미래 같단 생각이 든다.

"자, 아저씨."

희연이 잘 익은 고기 한 점을 현성의 앞 접시에 올려놓는다.

현성이 희연을 향해 미소를 지어준다.

이에 얼굴이 붉어진 희연은 고개를 휙 돌렸다.

이들의 모습에 박상철은 웃음을 터뜨렸다.

"나도 집이나 사야겠어."

뜬금없는 상철의 말에 인경이 그게 무슨 뜻이냐며 묻는다.

그러자 상철은 자신도 꽃처럼 아름다운 소녀들을 세입자로 들이고 싶다는 말을 해 인경으로부터 구박을 받았다.

분위기를 띄우려던 두 사람.

하지만 이들의 노력은 현성, 아연, 희연의 기분을 풀어주는 데 실패하고 말았다.

조국을 등진 스킬러들의 그 마음처럼 말이다.

일각에선 조국을 등진 그들을 손가락질하며 두 번 다시 이 땅에 발을 붙이지 못하도록 제도적으로 장치를 마련해야 한다고 주장했다.

물론 이를 반대하는 이성적인 사람들도 있었다.

그들은 외국의 사례를 들어 스킬러에 대한 대우가 지나치게

가혹하다고 주장했다.

후자의 목소리는 나약했고 힘이 없었다.

그렇다 보니 정부와 언론도 국민의 정서에 정면으로 반하는 정책과 보도를 자제하는 입장이었다.

내년 초, 대선과 총선이 있다.

사회 전반에 흐르는 반스킬러 분위기는 당선에 목을 매는 정치인들에겐 당선을 결정짓는 중요한 보양식과 같았다.

이러니 스킬러를 못 잡아먹어 다들 안달이다.

현성과 자매의 표정이 여전히 풀리지 않자 상철은 진중한 표정으로 이들을 위로했다.

"내년 대선과 총선이 끝나면 지금의 분위기는 분명 바뀔 거야. 자성의 목소리도 조금씩 나오고 있으니까. 그러니까 그때까지만 참아라."

공간 이동의 스킬러는 영입 대상 영순위다.

그런 현성이 조국을 등진다면 이는 국가적으로 큰 손해다.

현성이 제 잔에 소주를 부어 단숨에 이를 들이켠다.

그러곤 농담처럼…

"미국엔 자장면 안 팔겠지?"

…라고 말하며 모두를 당혹스럽게 만들었다.

상철과 인경은 현성이 오늘 있었던 앙금을 풀겠다는 의미에서 농담을 한 것이라 여겼다.

하지만 그에 대해 잘 알고 있는 아연과 희연은 현성의 말을 진담으로 받아들였다.

연수원 생활 육 개월은 현성에게 자장면의 소중함을 뼛속 깊이 각인시켰다.

그때 인경이 말했다.

"태국의 한인 타운에선 자장면 팔던데. 전에 여행 갔을 때 사 먹은 기억이 있어."

"아, 맞다. 나도 기억나."

상철이 인경의 말에 맞장구를 쳤다.

그 순간 아연과 희연은 '어쩜 현성이 태국으로 이민을 가버 릴지도 모르겠구나!'라는 불안감을 느꼈다.

사람이 염치가 있지, 지금도 얹혀사는 주제에 외국까지 얹혀갈 수는 없기 때문이다.

아연이나, 희연이나 현성에게 많이 의지하고 있음이다.

상철과 인경은 자매가 갑자기 경직된 표정으로 현성을 바라 보자 다들 이를 이상하게 여겼다.

모두의 시선을 받은 현성이 제 잔을 채운 술잔을 비운 뒤 말 했다.

"아연아, 희연아, 태국에 함 가보자."

현성이 자신들을 끝까지 챙겨주자 아연과 희연의 경직되고 불안했던 마음이 눈 녹듯 녹았다.

아연은 말이 없었고 희연은 한숨과 함께 자장면이란 말에 힘을 준다.

여기엔 희연의 안도감이 담겨 있다.

남녀의 태도에 상철과 인경은 이해할 수 없단 표정을 지었다.

하긴, 애국심을 압도하는 것이 자장면이라면 그 누가 이를
믿겠는가.

*　　　　*　　　　*

프랑스의 한 종교인이 이런 말을 했다.
'스킬러는 미래를 대비한 신의 안배일지 모른다' 라고.
그러나 누구도 그의 말을 귀담아듣지 않았다.
"그 자식 돌아왔다면서?"
"어떻게 알았어?"
"나는 귀가 없는 줄 알아?"
씩씩거리며 들어와 누군가를 향한 적개심을 드러내는 남자.
그는 이상배였다.
박현숙이 한숨을 내쉬며 말한다.
"그래서 어쩌려고?"
"어차피 하는 작업이잖아. 그 새끼를 끼워 넣어도 되잖아."
작업? 대체 이상배는 무슨 말을 하는 걸까.
현숙이 눈살을 찌푸리며 강한 어조로 말한다.
"녀석은 만만치 않아. 잘못 건드리면 계획에 차질이 빚어
져."
"나랑 약속했잖아. 그 자식에게 복수해 주겠다고!"
"상배야, 그도 스킬러다."
"안다고, 알아!"

불만이 가득한 이상배를 향해 똑바로 걸어간 현숙이 그의 어깨를 양손으로 꽉 붙잡는다.

현숙의 기세에 상배는 찔끔했다.

"개인의 복수보다 조직의 발전이 더 중요하다. 당장 눈에 보이는 복수를 하다 조직의 계획이 물거품이 된다면… 네가 그 일을 감당할 수 있겠어?"

상배의 기세가 한풀 꺾인다.

그러나 그 마음속에 깃들어 있는 분함은 여전히 식지 않고 있었다.

그때 누군가 두 사람이 있던 방 안에 나타났다.

문으로 들어온 게 아니다.

처음부터 그 방에 있었던 것처럼 등장했다.

현숙과 상배가 고개를 돌린다.

현숙이 눈살을 찌푸리며 유오찬을 보고 투덜거렸다.

"어떻게 남자들이 숙녀의 방을 무작정 쳐들어오는 거야. 상배 녀석도 그렇고, 오빠도 그렇고."

"아까 전화했잖아. 올 거라고."

"내 방에 떨어진다고는 안 했잖아."

유오찬은 공간 이동 스킬러다.

현성이 붙잡은 녀석들을 데리고 도주했던 자다.

"오찬 형, 왔어요?"

"상배, 넌 또 현숙이 방에 웬일이냐?"

"현성이, 그 개자식이 돌아왔다고 들었어요. 그래서……."

"하아, 뚫린 귀라고 잘도 듣고 다니네."

"칫, 형도 그 자식한텐 앙금이 있잖아요."

상배의 말에 유오찬이 인상을 찌푸린다.

지금은 말끔히 사라진 상처와 고통.

하지만 오찬의 가슴속에 남은 그날의 두려움은 쉬이 떠나지 않았다.

"그 얘긴 그만하자. 현숙아."

"예."

"한국으로 가야겠다."

"얼마 전에 다녀왔잖아요."

"큰 건이 있어. 이 한 방이면 대한민국에서 스킬러는 마녀로 찍혀 버릴 거야."

"사이버 팀 애들이 잘하던데 굳이 우리가 나설 필요가 있어요?"

대한민국 여당의 중진 국회의원이 당한 의문의 사고사. 그 배후엔 이들이 있었다.

그 사건으로 말미암아 스킬러에 대한 대한민국 국민들의 감정은 크게 나빠졌다.

"형, 나도 끼워줘. 양키 애들이랑 노는 것도 이젠 지겨워."

이상배가 두 눈을 반짝이며 유오찬에게 매달렸다.

상배의 성격을 알기에 오찬은 이를 거절하려 했다.

그때 상배에게 수시로 시달리던 현숙이 데려가는 게 어떻겠냐는 말을 한다.

현숙의 지원사격에 힘입어 상배도 더욱더 적극적으로 부탁
한다.

"형, 나 절대 사고 안 칠게. 약속해! 제발 나도 데려가 줘.
응?"

"할 수 없군. 하지만 그 말 책임져야 한다."

"옛썰!"

*　　　　*　　　　*

현성은 국정원 특수국이 입주한 강남의 한 건물로 들어섰
다.

입구의 경비원이 현성의 신분을 꼼꼼하게 확인한 뒤 그를
통과시킨다.

경비원의 연락을 받은 특수국 직원이 엘리베이터 입구에서
현성을 맞아주었다.

직원은 이인경이었다.

"어서 와, 현성아."

현성은 일주일을 집에서 쉰 뒤 오늘 첫 출근을 하게 되었다.

태국 여행은 뒤로 미루어졌다.

정부가 스킬러의 해외여행을 금지시켰기 때문이다.

이 때문에 불만의 목소리가 터져 나왔지만 정부는 이를 묵
살했다.

대한민국 정부도 바보만 모여 있는 집단은 아니다.

자국 스킬러의 외국 망명이 향후 국력을 크게 깎아먹는 일이라는 것을 알고 있었다.

그럼에도 제대로 된 조치를 못 하는 것은 대선과 총선이란 과제가 정치권에 드리워졌기 때문이다.

"대장님이 기다리고 계셔."

인경의 호칭에 현성은 고개를 갸웃거렸다.

그 모습에 인경이 꺄르르 웃으며 설명했다.

"우리는 국장님을 대장님이라 불러. 물론 국장님 앞에서 대장님이라고 부르면… 그분이 되게 좋아해."

국정원 특수국. 분위기가 딱딱하지 않을까 싶었는데 막상 와 보니 의외로 이 조직엔 가족 같은 친밀감이 흐르는 것 같다.

현성은 여기서 의외라는 느낌을 받았다.

신입 수사원이 된 현성은 6급의 공무원 신분으로서, 직무 특성상 그에 대한 신상 정보는 1등급으로 분류되어 아무나 열람할 수 없다.

이곳에 근무하는 모두가 그렇다.

'기업 사무실 같은 분위기군.'

'일반 경찰서와 비슷하지 않을까?' 라는 현성의 느낌은 국장실로 향하는 와중에 말끔히 사라졌다.

복도를 오가다 마주친 사람들과 인경은 반갑게 인사를 하며 현성을 소개시켜 주었다.

현성 외에도 특수국엔 신입이 많이 들어왔다.

국장실 입구에서 현성은 안면 있는 자를 만나게 되었다.

"어? 현성아, 너도 특수국에 배속받았어?"

현성을 알아보고 먼저 말을 걸어온 사람은 현성의 연수원 동기이자 룸메이트 중 한 명인 유승진이었다.

승진은 현성보다 세 살이 많다.

"승진이 형도 특수국에 배치받았군요."

크게 반기는 승진과 달리 현성은 담담하다.

그의 성격을 연수원에서 내내 보았기에 승진은 이를 기분 나빠 하지 않았다.

"야, 반갑다. 이것도 인연인가 보다. 하하."

"그렇군요."

"부서는 어디야?"

현성이 잠시 인경을 본다.

자신이 발령받은 부서를 말해도 되냐는 의미다.

이를 알아차린 인경이 고개를 끄덕인다.

"수사 팀입니다."

"뭐? 에고고, 거기 업무가 빡세다고 하던……."

그제야 현성의 인솔자가 누구인지 생각난 듯 승진은 말끝을 흐리며 인경의 눈치를 살폈다.

부서는 다르지만 가족 같은 분위기의 특수국이다 보니 자칫 선임에게 찍힌 후임이 될까 봐 안절부절못한다.

인경은 승진의 마음을 읽기라도 한 듯 웃으며 괜찮다고 말해주어 승진을 안심시켰다.

이들 외에도 국장 비서실엔 여러 명의 신입이 국장과의 만

남을 기다리고 있었다.

현성은 신입 요원들이 눈에 익었다.

'연수원에서 봤던 사람들 같은데……'

그의 생각처럼 신입 요원 모두 연수원 출신이다.

높은 친화력을 가진 유승진은 이들 모두와 아는지 무척이나 반가워했다.

그리고 모두가 현성을 보며 한목소리로…

"한 방 맨과 같은 조직에 근무하게 되다니."

이런다.

인경은 그 말을 이해하지 못했다.

하긴, 그날 그 사건 현장에 그녀가 없었으니 이는 당연하다.

그리고 의문을 해결하기에도 시간이 없었다.

국장이 신입을 모두 들어오라고 했기 때문이다.

그렇게 현성의 첫 직장 생활이 시작됐다.

제7장

최고의 연장

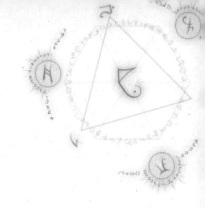

　재개발사업은 돈이 되는 장사로 이에 참여하기 위해 다양한 부류의 인간들이 마치 벌떼처럼 모여든다.

　현성의 동네 역시 돈을 보고 몰려든 자들로 인해 인산인해를 이루었다.

　한쪽에선 축포를 터뜨리고, 반대편에선 재개발의 혜택을 전혀 받지 못하는 자들의 반대 목소리가 높다.

　후자는 소위 말하는 소외된 계층이다.

　울고 불며 애원하고 사정해도 누구 하나 이들의 형편을 측은히 여기지 않는다.

　정부 역시 그렇다.

　그나마 내년에 대선과 총선이 있어 정치권에서 조금씩 이 소외된 계층을 돌아보기 시작했다는 게 다행이다.

불도저 같은 방식은 당분간 보류가 될 테니.

전화기를 붙잡고 욕지거리를 내뱉고 있는 고약한 인상의 중년인. 그 역시 재개발사업에 참여해 다수의 지분을 얻었다.

물론 그의 지분은 수백억대와는 거리가 멀다. 그의 위치는 잔챙이다.

하지만 이런 잔챙이들은 돈이 되는 일에 물불을 가리지 않는다.

그리고 이 김원술이라는 남자는 현성과 원한이 있다.

"뭐? 그 개새끼를 풀어줘! 대체 나 김원술이를 어찌 보고 그 깡패 새끼를 풀어줘? 누가 풀어주래? 알았소. 나중에 함 봅시다. 에이."

김원술은 상대의 답변에 화를 벌컥 내곤 전화를 끊었다.

한참 동안 제 분을 못 이겨 씩씩대던 그가 버럭 소리쳤다.

"이래서 법은 믿을 게 못 된다니까. 썅."

핸드폰을 꺼내 든 김원술은 연방 뜨거운 콧김을 뿜으며 단축 버튼을 눌렀다.

─안녕하십니까, 김 사장님. 오랜만입니다. 하하.

"이봐, 박 사장. 내 부탁할 게 있어서 전화했네."

─말씀만 하십시오. 김 사장님의 일이 바로 제 일 아닙니까. 하하.

법은 멀고, 주먹은 가깝다.

가진 자들은 일찍부터 이러한 이치를 깨닫고 양쪽을 절묘하게 이용해서 부를 축적했다.

김원술 사장과 통화 중인 박문수는 법조계가 아닌 주먹계의 인물이다.

박문수는 김원술이 재개발사업에 끌어들인 인물로 두 사람의 관계는 악어와 악어새이다.

김원술은 얼마 전 자신이 당한 봉변에 살을 덧붙여 떠들었다.

이에 박문수는…

─김 사장님, 그런 양아치 새끼는 법으로 손볼 게 아니죠. 염려 마십시오. 제가 김 사장님의 입맛에 맞도록 요리해 버리겠습니다. 하하. 언제 한번 가게로 오십시오.

"음, 알았네. 내 박 사장만 믿어. 하하하하."

박문수의 시원시원한 대답에 김원술이 대소한다.

*　　　*　　　*

탕, 탕, 탕탕탕탕─!

현성은 수사 요원들의 실력 향상을 위해 24시간 개방된 사격장에서 사격 중에 있었다.

연수원에서 처음 접해본 총기류는 그에게 첫사랑의 느낌으로 다가왔다.

표적지가 그의 앞으로 쪼르르 달려온다.

백발백중.

만족한 표정이 현성의 얼굴에 가득했다.

시원시원한 소리와 강철의 마찰열 냄새는 현성을 사격이란 세계에 푹 빠지게 했다.

퇴근 전 그는 무조건 사격 연습장에 와서 탄창 십여 개를 소모한다.

다행히 위에서는 이를 문제 삼지 않았다.

현성의 무표정한 얼굴 뒤에 가려진 충만함은 그 누구도 알아볼 수 없다.

사격장을 나선 현성은 지하철 역사로 향하다가 발길을 핸드폰 대리점으로 돌렸다.

"어서 오십시오."

고객의 등장에 반색하며 인사하는 종업원들을 무심히 쳐다본 현성은 곧장 유리 진열대로 향했다.

종업원의 과잉 친절과 설명이 무척 길었다.

현성은 종업원의 말을 특유의 무뚝뚝한 음성으로 끊고 핸드폰을 구매한 뒤 지하철 역사로 향했다.

드디어 자매에게 사 줘야겠다고 내내 마음먹은 핸드폰을 구매한 현성이다.

한층 가벼워진 마음과 발걸음으로 집에 가던 현성은 한 통의 전화를 받았다.

'사무실인가?'

직장인들이라면 누구나 알 것이다. 가벼운 퇴근길에 걸려온 회사의 전화가 어떤 의미인지.

받을까? 말까? 갈등하는 마음을 말이다.

현성 역시 별반 다르지 않다.

그러다 결국 잔뜩 찌푸린 얼굴로 통화 버튼을 누른다.

"예."

그의 퉁명스런 목소리에 놀란 것일까? 상대는 말이 없다.

현성 역시 핸드폰을 귀에 대고 상대가 말하길 기다릴 뿐이다.

십 초에서 십오 초가량 정적이 흘렀다.

그제야 의아해진 현성이 고개를 갸웃거린다.

그는 상대방을 확인하기 위해 먼저 말하려고 했다.

하지만 상대가 현성보다 빨랐다.

―네가 현성이냐?

기선 제압용의 고압적인 말투와 거친 반말에 현성은 언짢음보다 의문이 먼저 들었다.

현성은 자신에게 이런 식으로 전화하는 사람이 누가 있을까? 생각했다.

그의 청빈한(?) 인맥에선 이런 말투로 전화를 걸 사람이 단연코 없었다.

일면식도 없는 사람이다.

그럼에도 불구하고 상대는 자신의 이름을 알고 있다.

"누구십니까?"

상대의 정체를 모르니 일단 정중하게 나가는 현성이다.

하지만 몰상식한 통화자는 이러한 현성의 태도가 자신에게 주눅이 들어 그런다고 생각했는지 말투가 더 고압적으로 변했다.

—그건 알 필요 없어, 새꺄. 그냥 넌 내가 오라는 데로 와. 만약 짭새라도 달고 오면 그땐 재미없을 줄 알아. 알았어, 새꺄!

현성이 뭐라 대답하기도 전에 상대는 그가 찾아올 장소를 불러줬다.

그러고는 마지막 인사로…

—안 오면 너랑 사는 그 계집애들 사창가에서 뒹구는 신세가 될 줄 알아라.

현성의 두 눈에 서서히 힘이 들어가기 시작한다.

전화를 끊자마자 현성은 곧바로 집으로 전화를 넣었다.

아연이 받자 현성은 내심 안도의 한숨을 내쉰 뒤 희연이 왔는지를 물었다.

다행히 자매 모두 집에 있었다.

다시 한 번 안도하는 현성이다.

"문단속 잘해라. 오늘 늦을지 몰라."

—많이 늦어요? 된장찌개도 끓여놓았는데.

아연의 말에 현성은 전화기 속에서 구수한 된장찌개 냄새가 나는 것 같았다.

즐거운 퇴근 후, 자신을 기다리는 따뜻한 밥과 된장찌개, 그리고 자매의 기뻐하는 얼굴을 오늘은 잠시 외면해야 한다.

현성은 자신의 소소한 행복을 빼앗은 놈을 찾아내 반드시 응징하리라 다짐하고 또 다짐했다.

"최대한 빨리 가마."

*　　　　*　　　　*

인천.

현성은 자신을 불러낸 자들이 오라는 컨테이너 야적장에 도착했다.

차량이 없는 그로서는 여기까지 오는 데 꽤 애를 먹었다.

강철 박스들이 길게 줄지어 쌓인 곳.

그 사이사이로 늦가을의 쌀쌀한 바람이 짠 내를 동반하고 있었다.

'여긴 것 같은데?'

공간 이동의 능력을 가졌으나 1일 1회다.

그래서 이 능력은 함부로 사용할 수 없었다.

위급한 상황이 닥칠지 모르니 말이다.

권총의 묵직함이 그의 든든한 조력자임을 자청한다.

이때 현성의 눈앞에 자동차 전조등이 레이저 빔처럼 쏟아진다.

엔진 소리는 못 들은 현성이다.

그렇다면 저 자동차는 미리 와서 기다렸음이다.

차량은 승용차 한 대뿐만이 아니었다.

그 뒤로 봉고차도 보인다.

차량의 문이 열리는 소리와 함께 시커먼 복장의 덩치 큰 사내들이 우르르 내리더니 현성의 맞은편에 대열을 맞춰 섰다.

상대의 숫자는 아홉. 그 뒤로 두 명의 남자를 좌우로 대동한 자가 승용차에서 내렸다.

"네가 현성이란 애송이냐?"

무리의 우두머리로 보이는 남자가 현성을 거만하게 쳐다보며 말했다.

현성도 우두머리 남자의 위아래를 훑어보며 조금은 날카로운 목소리로 말한다.

이런 그에게선 열두 명의 건장한 사내에 대한 두려움이 전혀 없다.

"네가 날 협박한 자인가?"

우두머리 남자는 현성의 태연한 태도에 눈살을 찌푸렸다.

대개의 양아치는 쪽수를 믿거나, 혹은 상대의 외양을 살펴 만만하다 싶으면 큰소리친다.

남자가 대동한 자들 모두 개개인의 면면은 동네 양아치 따위가 아니기에 결코 무시할 수 없다.

그럼에도 불구하고 현성이 한 점의 흔들림도 없자 우두머리 남자는 의외라는 듯 그를 새삼스럽게 보았다.

하지만 영화나 소설이 아닌 실제의 싸움에서 두 자리 숫자의 무리를 한 사람이 격파하기는 어렵다.

요즘엔 공상 소설에나 등장할 법한 초능력자들이 대거 양산(?)되어 전 세계가 난리기는 하지만.

"허접한 양아치인 줄 알았더니 뜻밖에 사내로군. 쯧쯧, 김 사장의 부탁만 아니면 거둬줬을 텐데. 아깝군."

"깡패인가?"

현성이 비웃음을 날리며 말했다.

미친놈에게 미친놈이라 하면 욕을 먹는다.

깡패에게 깡패라고 말해도 마찬가지다.

이 두 부류의 공통점은 열등감이다.

"저 개새끼가!"

"쓰읍, 뚫린 주둥아리라고 함부로 씨불이고 지랄이야."

화르륵.

깡패들에게서 열화와 같은 전의가 피어오른다.

현성은 이들을 향해 차갑게 콧방귀를 낀다.

"철이 너무 없군. 아무래도 좀 밟혀야 할 것 같다. 광수야, 가서 손 좀 봐라."

우두머리 남자가 좌측에 서 있던 남자에게 말한다.

그러자 광수라는 남자가 우두머리에게 구십 도 인사를 한 뒤 앞으로 나섰다.

병풍처럼 서 있던 깡패들이 이 남자를 따라나서려 했다.

"쪽팔리게 하지 말고 기다려."

동네 양아치 하나를 상대로 나서는 것이 민망했던 광수다.

그래도 보스의 명이라 군말 없이 나섰다.

하지만 부하들과 함께 양아치 하나를 상대로 싸우고 싶지는 않았다.

광수의 마음은 부하들을 보내고 싶었다.

그러나 보스의 직접 명령이 있었기에, 그건 이들이 사는 세계에선 예의가 아니었다.

현성과 광수의 거리는 불과 1미터.

"어디서 본 것 같은데?"

현성의 얼굴을 가까이서 본 광수가 고개를 갸웃거린다.

현성 역시 이 자의 얼굴이 눈에 익었다.

"압구정에서 패싸움했던 그 깡패군."

현성이 무뚝뚝한 음성으로 말하자 광수의 눈에 이채가 스친다.

그러고는 광수가 낮게 신음한다.

칠 개월 전, 현성은 깡패들의 싸움에 휘말려 오도 가도 못하던 차민연을 구한 적이 있었다.

그때 우연하게 광수가 소속된 문수파의 상대들을 때려눕혀 그들이 쉽게 승리할 수 있게 했다.

당시 광수는 문수파를 이끌고 있었다.

현성을 스치며 인사를 했던 남자. 바로 그 남자가 최광수다.

광수는 그날 이후 현성을 찾기 위해 백방으로 수소문을 했었다.

그의 대담함과 싸움 실력에 매료되어 자신의 조직으로 끌어들일 목적이었다.

그런데 칠 개월이 흐른 지금, 이런 곤란한 상황에서 다시 보게 되었으니.

초반에는 상대를 동네에서 힘깨나 쓰는 천둥벌거숭이 양아치로 보았던 광수의 전신엔 그래서 강도 높은 긴장감이 흐른다.

전설의 주먹 시라소니의 환생이 아닐까 싶을 만큼 그 현장에서의 현성은 독보적이었다.

나름 이 바닥에서 무시 못 할 실력을 지닌 최광수는 그날의 현성을 떠올릴 때마다 자신 없는 표정으로 고개를 내젓고는 했었다.

그랬던 상대와 일대일로 겨루게 되었으니.

"이런 상황에서 다시 만나게 되다니. 지금이라도 고분고분하게 나온다면 이 일을 좋게 마무리하도록 내가 힘써 보겠…음, 그럴 의향이 전혀 없군."

"사람이란 말을 가려서 해야 하지. 그런 점에서 너의 보스라는 자는 그 정도를 넘어버렸다."

아연과 희연은 현성에게 가족 같은 사람들이다.

그런 이들을 협박의 제물로 사용했으니 현성이 타협할 리 만무하다.

"최광수, 노닥거리지 말고 빨리 끝내라."

문수파의 보스, 박문수는 광수의 심정도 모른 채 짜증 섞인 목소리로 재촉했다.

광수가 나직이 한숨을 내쉬며 현성에게 말한다.

"전의 일을 떠나서 진지하게 너와 싸워야 할 것 같군."

현성은 광수를 쳐다본 뒤 자세를 잡았다.

광수는 쉽게 현성을 향해 공격하지 못했다.

이는 현성에게 가공할 한 방이 있기 때문이다.

이 한 방이 단순한 한 방이리면 좋겠지만 그 한 방을 보충힐 만한 여러 장기도 상대는 겸비하고 있었다.

최광수의 신중함을 박문수는 오해했다.

동네 양아치를 상대로 자신을 내보낸 것에 대한 불만으로 말이다.

그렇지 않고서야 단 한 방에 끝내 버릴 수 있는 양아치를 상대로 저리 미적거릴 이유가 없었다.

박문수는 광수에게 불쾌감을 느꼈다.

하지만 이러한 불쾌감을 토해내기엔 광수는 그에게 아까운 인재였다.

"광수, 넌 들어와라. 지금 생각하니 저 양아치 새끼를 상대로 넌 너무 과분하다."

박문수의 장점은 속에 앙금이 남아도 겉으로는 호인처럼 군다는 것이다.

광수가 잠시 고개를 돌리는 그 틈에 현성이 달려들었다.

박문수와 똘마니들이 놀랄 겨를도 없이 두 사람의 격투가 시작됐다.

현성의 주먹이 광수의 재빠른 방어에 막혔다.

양팔을 교차하여 현성의 주먹을 막아낸 광수는 내심 눈살을 찌푸렸다.

마치 해머에 적중당한 듯했기 때문이다.

파괴력이 철철 넘치는 이러한 주먹을 몸에 허용했다간 파도에 휩쓸린 모래성 신세를 면치 못할 것이다.

광수는 모든 신경을 현성과의 싸움에 집중했다.

폭음 같은 격타 음과 번쩍이는 잔상.

두 사람의 격투는 박문수를 비롯해 모두에게 큰 충격을 주었다.

그때 누군가 깜짝 놀란 표정으로 소리쳤다.

"그, 그자다!"

모두가 '그게 무슨 뜻이냐' 라는 표정으로 소리친 자를 본다.

당황한 듯 남자는 얼굴을 빨갛게 물들이며 말했다.

"제 기억이 맞는다면 저 녀석은 아귀파와 마지막 전투 때 우리를 도와준 그 압구정 영웅입니다!"

남자의 말이 끝나기 무섭게 최광수가 비명을 지르며 나가떨어졌다.

휘이이이이.

짠 내를 머금은 바람이 현성의 옷자락을 붙잡고 길게 늘어진다.

저벅저벅.

현성은 곧장 문수파를 향해 용맹한 범처럼 걸어간다.

"마, 막아!"

박문수가 비명처럼 소리친다.

"여, 연장을 써!"

고함에 이를 덧붙인다.

문수파 최고의 주먹 최광수는 현성과 맞붙어 불과 삼 분 만에 박살이 나고 말았다.

쇠 파이프와 회칼이 놈들의 몸에서 튀어나왔다.

그러나 이들이 모르는 게 있었으니 연장 중 가장 으뜸인 연장을 현성이 가지고 있다는 것이다.

요즘 이 연장을 다루는 맛에 출근한다고 해도 과언이 아닌 현성이다.

철옹성 같은 현성의 무심한 얼굴 위로 한줄기 조소가 선명하게 드러난다.

"연장 싸움이라… 후회하지 마라, 깡패 새끼들."

"조져!"

"배에 주둥이를 하나 만들어주마!"

"와아아아!"

살벌한 단어와 기세를 쏟아내며 깡패들이 현성을 향해 연장을 들고 달려들었다.

현성의 손이 품속으로 들어간다.

그의 손에 거무칙칙한 반자동 권총이 쥐어져 나온다.

깡패들은 이를 봤지만 '저것이 설마 권총이겠는가!' 라는 생각을 한다.

그중엔 현성이 장난감 총으로 자신들을 놀린다며 쌍욕을 해댔다.

발 빠른 깡패와 현성의 거리는 단 5미터.

타아아아—앙!

작은 천둥성과 흰 연기가 현성의 권총에서 피어올랐다.

허공을 향해 쏜 한 발의 위력은 그 기세 좋던 깡패들을 순간 얼음으로 만들었다.

"저, 저 새끼… 진짜 총을 갖고 있어!"

"허걱!"

현성의 총구가 자신들을 향할 때마다 사색이 된 깡패들이 주춤거린다.

놀라기는 보스 박문수도 마찬가지다.

하지만 그의 품속에도 한 자루의 권총이 들어 있었다.

상황이 위험하게 돌아간다고 판단한 박문수가 품속에서 권총을 빼 들었다.

하필 그 모습을 현성이 보았다.

타아아—앙!

귀청을 때리는 날카로운 총성과 함께 날아간 탄알이 박문수의 총을 부숴 버렸다.

"크악!"

박문수는 피범벅이 된 제 손을 부여잡고 그 자리에 주저앉았다.

보스가 쓰러지자 이를 본 몇몇이 현성을 향해 달려들며 소리쳤다.

"우리가 쪽수가 많아. 저 새끼 밟아!"

이들이 어찌 알까. 현성이 쥔 총이 반자동 권총인 것을.

탕탕탕탕탕!

현성은 자신을 향해 달려오던 깡패 다섯의 정강이마다 총알을 하나씩 박아 넣었다.

도미노 같은 비명과 쓰러짐.

바닥에 쓰러진 깡패들이 제 다리를 부여잡고는 미친 듯이 비명을 질러댔다.

몇몇 겁을 먹은 녀석들은 달아나려다 곧 조직의 보복이 두려워 오도 가도 못했다.

현성은 박문수를 향해 천천히 걸어갔다.

누구도 그를 건들지 못했다.

"너, 너, 이 새끼. 내가 누군 줄 알고 총질이야!"

박문수가 눈에 핏발을 곤두세우며 현성을 향해 소리쳤다.

그러자 현성이 박문수의 얼굴을 걷어차며 한마디 했다.

"넌 내가 누군 줄 알고 협박이야."

현성의 무뚝뚝한 말투에 박문수는 순간 기가 막혔다.

압구정 일대를 장악하던 아귀파를 몰아낸 후 문수파를 전국구 조직으로 만든 박문수다.

조직은 주먹으로만 크는 게 아니다. 정치권과 정계와 검찰과 경찰 내 고위직 공무원과도 연줄이 있어야 한다.

오늘 일을 청탁한 김원술은 박문수에겐 피라미에 불과하다.

하지만 그의 재산과 인맥, 그리고 그간의 정도 있고 해서 직접 이 자리에 나온 박문수였다.

지금 같은 전개와 결과는 상상조차 못 했다.

"너… 너, 이 새끼!"

현성이 박문수 앞에 쪼그리고 앉았다.

놈의 부하들은 감히 접근조차 못했다.

그때 현성의 등을 노리고 회칼 하나가 날아들었다.

뒤통수에 눈이라도 있는 듯 현성은 이를 피했다.

회칼은 원래의 표적을 맞히지 못했다.

오히려 박문수의 어깨에 틀어박혔다.

"크아아아악!"

박문수의 입에서 비명이 터진다.

그와 동시에 현성의 총구에서도 불이 뿜어졌다.

타앙!

"으아아아악!"

현성을 향해 회칼을 던진 자의 어깨에 바람구멍이 뚫렸다.

어깨를 움켜잡은 자가 바닥을 뒹굴며 몸부림쳤다.

무심한 표정과 서늘한 눈빛으로 장내를 스윽 둘러본 현성이 깡패들을 향해 한마디 날린다.

"대가리 박아. 셋 세겠다."

굳이 셋까지 셀 필요가 없었다.

부상자와 아닌 자들까지 놀라운 속도로 땅에 머리를 박았다.

놈들을 쳐다본 후 현성은 기가 질린 박문수를 쳐다보며 냉엄한 목소리로 물었다.

"너, 날 어떻게 알지?"

"내, 내가 말할 것 같으냐!"

명색이 두목이다. 그러니 묻는 말에 쉽게 대답하면 부하들에게 위신이 서지 않는다.

박문수는 오늘 일을 백배 천배로 갚아주겠다며 악을 쓴다.

"진심이냐?"

차분한 어조로 현성이 묻는다.

순간 박문수는 그의 말뜻을 이해하지 못했다.

대체 뭘 묻는 걸까? 박문수의 의문은 곧 풀린다.

"네 말이 진심인 것 같으니 내가 살기 위해서라도 너와 네 수하들을 죽여야겠군."

현성은 냉혹한 어조로 무려 열두 명의 생명을 빼앗아 버리겠노라 말했다.

박문수는 상대가 아무런 감정의 기복도 없이 말하자 정말로 그가 실천할지도 모른다는 생각이 들었다.

겨우 이십 대 초반의 애송이가 사람 목숨을 파리 목숨으로 알다니 세상 참 말세라는 말이 떠오른다.

"미, 미친… 미친놈! 그럼 넌 살인자야! 평생 쫓기며 살고 싶으냐!"

"흠, 그건 네가 상관할 일이 아니지 않나? 넌 네 일을 걱정하고 난 내 일을 걱정하면 그만이다, 깡패 두목."

이 순간 박문수는 깨달았다.

눈앞의 청년이 매우 위험한 인물이라는 것을.

"사, 살려주십시오."

현성의 두 눈에서 자신의 죽음을 본 박문수는 무릎을 꿇고 그에게 목숨을 애걸했다.

박문수는 냉엄한 눈초리로 애걸하는 박문수를 바라볼 뿐 한 마디도 하지 않았다.

노련하고 차갑다.

이것이 지금 이 자리에 서 있는 현성을 표현할 수 있는 최적의 단어였다.

우두머리가 무릎을 꿇었는데 어찌 그 수하들이 버티겠는가.

모두 합창하듯 그에게 목숨을 구걸한다.

앞서 현성이 보여준 실력과 단호함은 깡패들의 기세를 완전히 짓눌러 버렸다.

아니, 먼지처럼 날려 버렸다.

"좋아, 기회를 주지. 넌 날 어찌 알지?"

박문수는 김원술이 청탁한 내용에 대해 술술 불었다.

현성의 눈빛에 차가움과 살벌함이 교차한다.

"김원술이란 놈. 당장 잡아와."

박문수에겐 멀쩡한 수하들이 아직 남아 있었다.

현성의 말이 떨어지자마자 박문수는 제 살길을 발견한 듯 소리친다.

"김원술, 그 개새끼 잡아와!"

*   *   *

"아저씨가 늦네."

"그러게."

"전화는 해봤어?"

"아니."

"해보지그래?"

"늦겠다고 말했는데 하기가 좀 그래."

"쳇, 배고픈데."

저녁을 먹기엔 너무 늦은 시간이다.

시계는 10시 30분을 가리킨다.

아연과 희연은 현성과 함께 먹기 위해 아직 저녁을 먹지 않았다.

자매의 배에선 연방 꼬르륵 합창단이 노래한다.

"희연이, 너 먼저 먹어."

"언니도 같이 먹는 게 낫지 않아? 아저씨 밖에서 먹고 들어올 모양인데."

여동생의 말에 아연이 가스레인지에 놓여 있는 식은 뚝배기를 본다.

온 정성을 다해 끓인 된장찌개를 모두가 함께 먹기를 바랐지만 '아무래도 오늘은 날이 아닌가 보다' 라고 생각한 아연은 희연과 함께 먹기로 했다.

그때 현성의 방문이 열리더니 그곳에서 그 방의 주인이 걸어 나온다.

그의 이러한 등장은 자매에겐 놀랄 일도 아니다.

"오빠!"

"아저씨."

현성은 자신을 반기는 자매를 보며 어깨를 으쓱하며 말했다.

"된장찌개는?"

현성의 최대 관심사는 된장찌개다.

"식사 안 하셨어요?"

아연이 다가와서 묻자 현성은 쇼핑백을 그녀의 손에 들려준다.

"이건?"

"핸드폰이다."

쇼핑백 안을 살펴본 아연은 두 개의 상자를 볼 수 있었다.

"두 개네요."

핸드폰이란 말에 희연은 벌써 궁금한 듯 눈에 호기심이 감돌았다.

하지만 그녀의 성격상 이를 드러내지는 않았다.

그럼에도 현성의 눈에는 희연의 속내가 다 보인다.

"각자 하나씩 가져."

무뚝뚝한 말을 남긴 현성은 곧장 욕실로 들어가 버렸다.

욕실의 문이 닫히자마자 희연이 쪼르르 달려와선 아연이 들고 있던 쇼핑백 안을 살핀다.

"어, 언니, 이거 최신 핸드폰이야!"

희연의 얼굴에서 큰 반가움이 보인다.

아연은 희연과 달리 핸드폰엔 관심이 없는 듯 고개를 갸웃거리며 중얼거린다.

'바다 냄새가 났는데.'

참으로 예민한 아연이다.

샤워를 마치고 나온 현성은 희연의 얼굴이 상기된 것을 보았고 아연의 얼굴에선 걱정을 보았다.

"근심 있어?"

머리의 물기를 털어내며 현성이 묻자 아연이 수건 한 장을 가져와 그의 팔을 닦아주며 말한다.

"외근이 많죠?"

"외근?"

신입인 현성은 특수국의 전반적인 상황을 알기 위해 팀별로 돌아다니며 견학하고 있다.

그러니 외근이 있을 리 없다.

"왜?"

"바다 냄새가 난 것 같아서요."

현성이 두 눈을 끔뻑이며 아연을 본다. 그러더니 곧 주방으로 걸어가며…

"개코구나."

그런다.

입을 틀어막고 웃는 희연과 현성의 말에 얼굴이 홍당무가 된 아연.

세 사람은 데운 된장찌개와 함께 늦은 저녁을 먹었다.

"고마워, 아저씨."

희연이 실바람 같은 목소리로 현성에게 핸드폰 선물에 대한 고마움을 드러냈다.

아연 역시 고맙다는 인사를 한다.

이전의 희연이었다면 자존심을 내세워 현성의 선물을 받지 않으려 했을 터였다.

그러나 지금의 희연은 그때와 많이 달라져 있었다.

마음속에서 현성을 남이 아닌 가족으로 인정한 것이다.

아직은 사춘기 소녀의 특징인 새침함이 앞서 있긴 하지만.

*   *   *

산동네 재개발사업자의 명단에서 김원술이 누락됐다.

일신상의 문제로 빠진 것이다.

배후엔 문수파의 배반이 크게 작용했다.

문수파가 현성에게 무릎을 꿇었기 때문이다.

김원술의 입김으로 재개발사업에 참여했던 문수파 역시 이 사업에서 빠졌다.

현성이란 인물이 재개발사업 지역에 살고 있어 이를 껄끄럽게 여긴 탓이다.

재개발사업의 선봉에서 사냥개처럼 움직이던 이들이 갑자기 발을 빼자 재개발사업은 그 속도가 늦춰졌다.

이들을 대체할 사냥개를 구하려다 보니 어쩔 수 없었다.

이런 상황에 더해져 표심을 의식한 정치권의 압력도 재개발사업단으로서는 무시할 수 없는 문제였다.

산동네 재개발사업은 총선과 대선이 끝난 후에야 본격적으로 궤도를 탈 수 있을 것이다.

오랜만에 산동네엔 봄이 찾아온 듯했다.

하지만 이것은 스쳐 가는 짧은 봄에 지나지 않다.

"학교 다녀오겠습니다."

주번을 맡은 희연이 이른 아침부터 학교로 간다.

오늘따라 그녀의 목소리에 유독 힘이 들어가고 표정 역시 밝다.

현성이 선물한 핸드폰이 그 이유가 아닐까 싶다.

아침을 거르고 가는 여동생이 걱정인 듯 아연이 희연에게 샌드위치라도 사서 먹으라며 돈을 건넨다.

희연은 이를 거절하지 않았다.

예전이라면 그녀는 언니가 주는 돈을 거절했을 테지만 요즘은 아니었다.

정부에서 스킬러들에게 특별 생활 보조금을 지급하는 데다가 현성이라는 든든하고 믿음직한 가장이 곁에 있기 때문이다.

전에는 그의 친절을 부담스러워했던 희연이 지금은 이를 진심으로 고맙게 받아들이고 있었다.

정부의 특별 생활 보조금은 스킬러들이 줄이어 이민을 떠나자 이들을 잡기 위해 급히 만들어진 정부 정책이다.

이는 집회의 규모가 확산하는 이유 중 하나이다.

부스스.

눈가와 안쪽에 매달린 눈곱을 떼며 현성이 제 방에서 어슬렁거리며 나온다.

"일찍 가네."

"그 푸른색 추리닝, 버리면 안 돼요?"

희연이 못마땅한 표정으로 현성이 지난 육 년간 선호하던 복장을 문제점 보듯 하며 말한다.

확실히 현성이 지금 입고 있는 추리닝은 자신에겐 편할지 모르나 남들이 봤을 땐 영락없는 백수들의 심벌(?)과도 같다.

군데군데 늘어지고 양념 자국이 있어 보기에도 안 좋다.

현성은 희연이 자신을 염려해서 이리 말하는 것을 샐쭉한 그녀의 음성에서 느낄 수 있었다.

기분이 묘했다.

뿌듯하다고 해야 할까? 현성은 홀로 살아온 지난날 동안 단 한 번도 느껴보지 못했던 감정을 자매와 함께 살면서 느끼고 있었다.

그래서 '집에 가야지' 라고 떠올리면 자매의 얼굴이 먼저 떠오르곤 했다.

현성은 '이것이 가족애가 아닐까? 라는 생각을 가끔 하기도 했다.

"버릴게."

"정말요?"

"그래."

아연은 현성의 태도에 내심 적잖이 놀란다.

아연이 현성에게 추리닝을 버리면 어떻겠느냐는 뜻을 전에 빙 둘러 말했을 때 그는 '이게 편해'라고 못 박듯이 말했다.

그런데 지금은 여동생이 퉁명한 어조로 버리라고 하니 대번에 '응'이라고 한다.

이에 아연은 생각했다.

현성에겐 에둘러 말하면 안 된다는 것을.

"언니, 갔다 올게."

"그래, 조심해서 다녀와."

희연이 학교에 가자 집 안엔 현성과 아연만이 남았다.

"오빠, 씻고 오세요. 식사 차려놓을게요."

아연은 집안의 안주인처럼 중심을 잡았다.

그 나이 대의 여자애들은 제 외모를 가꾸거나 대학 입시 준비로 걸레질은 물론 설거지도 못 할 것이다.

음식은 더더욱 그렇다.

하지만 18세 아연은 그 모든 걸 웃으며 해내고 있었다.

얼른 씻고 나온 현성은 식사를 마친 후 출근 준비를 했다.

'하루 2회 공간 이동만 할 수 있으면 좋을 텐데.'

오늘 현성은 자동차 영업소에 가기로 작심했다.

회사까지 출근하기 위해서는 버스 2회, 지하철 1회를 탄다.

지하철은 환승이란 번거로운 절차까지 거쳐야 해서 현성 입장에서는 몹시 귀찮은 일이었다.

그리고 무엇보다 짜증스러운 것은 아침저녁이면 모든 대중 교통 수단이 만원사례라는 것이다.

캐주얼 차림의 현성은 아연과 함께 집을 나섰다.

극락 장의사의 간판은 내린 지 오래다.

그가 휴업하자 그의 가게를 바라보는 맞은편 빵집 주인의 눈은 늘 호선을 그리며 웃었다.

"참, 어제 저 빵집 아저씨가 빵을 주셨어요."

"왜?"

"몰라요. 이웃사촌인데 잘 지내보자고 그러시면서 주시던데."

현성이 빵집을 보자 마침 가게를 청소하던 주인이 빗자루를 들고 밖으로 나오며 먼저 인사를 건넨다.

"좋은 아침이네."

현성은 고개를 갸웃거렸다.

'오래 살고 볼 일이군. 흠.'

멀뚱멀뚱 서 있는 현성과 달리 아연은 활짝 웃으며 빵집 주인의 인사를 받아줬다.

이웃과 원수처럼 지내는 것보단 지금이 나을 것 같아 현성도 고개 숙여 인사했다.

"가요, 오빠."

아연이 현성의 팔짱을 낀다.

교복만 아니라면 다정하게 출근하는 신혼부부 같은 모습이다.

누군가 이런 현성과 아연의 모습을 지켜보고 있었다.

불쾌감이 가득한 눈이다.

'그동안 잘 처먹고 살고 있었군. 하지만 그것도 조만간 끝인 줄 알아라, 개새끼.'

제8장

구출

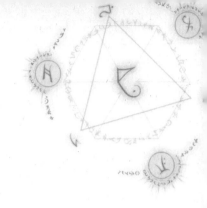

　국정원 특수국은 죄를 지은 스킬러들을 조사하여 잡아들인
다.

　그것이 이들의 일이다.

　법을 어긴 스킬러들은 일반적인 법적 절차를 거치지 않는
다.

　그 모두는 세간에 한 번도 실체가 드러나지 않은 모처의 장
소로 끌려간다.

　그곳은 야당의 한 국회의원의 폭로로 세상에 그 이름이 알
려졌다.

　비인권 지대!

　인권 옹호론자들은 그곳을 이리 부르며 강력한 목소리로 사

찰을 요구했다.

그러나 정부는 그들의 요구를 묵살해 버렸다.

정부의 이러한 태도는 반스킬러를 표방하는 자들의 열화와 같은 지지에 힘입어 더욱 굳건히 유지될 수 있었다.

친스킬러 정책과 반스킬러 정책. 정부는 이 두 가지를 상황에 따라 적절히 이용하는 중이었다.

스킬러 수용소는 스킬러들에겐 자연 두려운 곳이 될 수밖에 없었다.

이곳은 스킬러들의 이민과 망명을 부채질하는 요소가 되기도 했다.

"좋은 아침."

사무실로 들어선 현성은 3조 중 유일한 일반인 박찬숙의 인사를 받았다.

32세의 박찬숙은 3조의 모든 잡무를 처리해 주는 행정 요원으로, 집안으로 치면 안주인 같은 역할을 하고 있다.

"좋은 아침입니다."

자신의 책상에 놓인 화병을 본 현성이 고개를 갸웃거린다.

찬숙은 자신이 가져다 놓았다며 사무실 분위기가 화사해지지 않았냐고 묻는다.

"좋네요. 저… 박 요원님."

"응?"

"총알이 떨어져서 그런데요. 지급받을 수 있을까요?"

현성은 문수파와의 일을 외부로 확대하지 않았다.

그들도 원치 않았고 현성 역시 이런 일이 불거져 봐야 좋을 게 없다는 생각에 컨테이너 야적장에서 모든 걸 해결했다.

문제는 소모한 총알이다.

찬숙이 의아한 표정으로 그를 보다가 곧 고개를 끄덕인다.

다른 조직이었다면 이 일은 문제의 소지가 다분하다. 하지만 국정원 특수국은 그러한 범주에서 벗어난 특별한 조직이다.

"서류 작성할 테니까. 기다려 봐요."

총알 수령서를 갖고 지하 무기 수령실로 내려간 현성은 빈 탄창을 내주었다.

채워진 탄창이 다시 현성의 손으로 돌아온다.

사무실로 올라오자마자 현성은 찬숙으로부터 출동 명령을 받았다.

당분간 사내 교육만 받기로 되어 있던 일정이 갑작스레 변경된 것이었다.

"조사 팀이요?"

"지하 주차장으로 내려가면 돼요."

"알겠습니다."

현성은 다시 엘리베이터가 있는 곳으로 돌아갔다.

몇몇 사람들이 그 입구에서 엘리베이터를 기다리고 있었다.

그중엔 현성이 아는 이도 있었다.

호송 팀에 배치받은 유승진이었다.

호송 팀은 스킬러 범죄자를 모처의 장소로 데려가는 임무를 맡고 있는데 이는 특수국 내에서도 극비로 분류되는 부서다.

"아침 먹었냐?"

"예."

"좀이 쑤셔 죽겠다. 매일 사내 교육이다 뭐다 해서 여기저기 불려만 다니니. 휴우, 수사 팀은 어때? 할 만해?"

"저도 시간만 보내다 퇴근하는 게 전부입니다."

"하긴, 그런데 어디 가냐? 아직 교육 시간은 멀었는데."

"지원 명령을 받았습니다."

"너, 수사 팀 소속이잖아. 지원은 대개 섬멸 팀과 지원 팀에서 하지 않나?"

승진이 의아한 표정으로 고개를 갸웃거린다.

그러면서도 그 표정에 부러워하는 기색을 내비친다.

"저도 모릅니다. 가라니까 가는 거죠."

"하긴, 까라면 까야지. 언제 한번 술이나 한잔하자. 남호 형과 연락이 됐거든."

"남호 형님은 어디에 배치받았답니까?"

"경호대래."

띵!

엘리베이터가 도착하자 이를 기다리던 사람들이 속속 들어간다.

승진이 엘리베이터에서 먼저 내리며 나중에 전화하겠다는 손짓을 하자 현성은 묵묵히 고개만 끄덕였다.

지하 주차장에 도착한 현성은 자신을 기다리는 조사 팀과 합류했다.

"수사 팀, 3조 요원 선우현성입니다."

"반갑네. 난 조사 팀, 4조장 최명수일세. 저쪽은 김수로 요원일세."

최명수는 사십 대 중반의 인상이 선한 인물이었고 삼십 대 초반인 김수로는 깐깐한 인상이었다.

세 사람은 검은색 차량에 탑승하여 현장으로 출동했다.

조사 팀이라고 해서 뭔가 특별한 장비가 있지 않을까 생각했던 현성은 차량 내부에선 아무것도 발견할 수 없었다.

현성이 탑승한 차량은 수도 서울의 동쪽 관문 역할을 하고 있는 구리시로 향했다.

*　　　　*　　　　*

구리시 갈매동 청일 고등학교.

철거를 기다리는 오래되고 낡은 교사.

잡동사니를 보관하는 창고와 같은 이곳에서 집단 난투극이 벌어져 모두가 숨진 사건이 발생했다.

경찰이 조사를 하다 의문점이 발생하여 이 일을 특수국에 의뢰했다.

스킬러가 개입된 사건은 검경을 떠나 무조건 국정원 특수국 소관이 된다.

조사 팀이 현장에서 스킬러가 개입됐는지의 유무를 확인하면 그때야 수사가 진행된다.

먼지 위에 찍힌 어지러운 발자국, 그리고 흰 스프레이 페인트로 그린 사람 형태의 그림.

교통사고 현장에서 흔히 볼 수 있는 장면이 오래된 교사 바닥에 어지러이 펼쳐져 있다.

현장엔 이 지역 경찰이 출동하여 외부인들의 출입을 엄격하게 통제하고 있었다.

사건 현장 책임자와 최명수 조장이 한쪽에서 이야기를 나누었다.

잠시 후 현장에 있던 형사들과 감식반이 자리를 비켜주었다.

현성은 한쪽에 멀뚱히 서서 최명수와 김수로의 행동을 지켜보았다.

최명수가 현성을 향해 말했다.

"난 투시의 스킬러고, 저 친구는 과거 투시의 스킬러지. 우리가 하는 일은 이 사건에 스킬러가 관여했는지 알아보는 것이네. 이미 알겠지만."

두 사람의 능력은 지속과 횟수 중에서 지속의 능력에 속한다.

최명수가 투시 능력을 발휘하여 현장을 현미경처럼 들여다봤고 한쪽에선 경찰 감식반이 모아둔 증거품을 김수로가 과거 투시 능력을 통해 살펴봤다.

투시 능력이라고 해서 눈에서 광선이 나오거나 하는, 뭐 그런 건 없었다.

'찬찬히 살펴본다' 라는 느낌을 주는 행동이 전부였다.

하지만 최명수와 김수로는 스킬러의 개입 흔적을 찾지 못했다.

"내일 또 와봐야겠군."

능력의 지속 시간은 1분이 한계다.

그렇다 보니 사건 현장을 그 시간 안에 꼼꼼히 살피기란 사실 불가능하다.

조사 팀이 투입되어 스킬러의 개입 여부를 확인하는 데 보통 사나흘이 걸린다.

사건 현장이 넓으면 그 시간은 더 길어진다.

하지만 이곳은 사나흘이면 충분하다.

"그래야 할 것 같습니다."

입구에 장승처럼 서 있는 현성에게로 두 사람이 다가온다.

최명수가 시계를 보더니…

"점심 먹고 퇴근할 생각인데 자네는 어찌할 텐가?"

스킬러의 일일 능력을 소모한 조사 팀은 퇴근이 자유롭다.

사건이 없어 본부에 있노라면 주위의 이목 때문에라도 퇴근 시간을 지키지만 이렇듯 외근을 나오면 굳이 그럴 이유가 없었다.

그래서 조사 팀의 스킬러들은 대부분 외근을 선호하는 편이다.

현성은 조사 팀의 이런 분위기를 몰랐기에 약간 당황했다.

"무슨……?"

"바로 퇴근해도 되거든. 현장을 보니 한 사나흘 조사를 계속해야 할 것 같아."

하루 1분이 지속 스킬러들의 한계다 보니 그 점이 바로 이런 데서 드러난다.

"그럼 그동안 저도 함께 다녀야 하는 겁니까?"

"우리 일이 안 끝났으니까. 왜, 심심한가?"

"그렇진 않습니다만."

"그럼 밥이나 먹고 퇴근하자고."

최명수의 결정에 현성은 순간 '땡보직'이란 단어가 떠올랐다.

사실 스킬러 범죄가 폭증하니 뭐니 하며 떠드는 언론과 달리 실제 그들이 일으킨 범죄는 많지 않았다.

현성이 지난 며칠 지켜본 국정원 특수국의 활동이 그 증거다.

일반인의 범죄를 백으로 치면 스킬러가 일으킨 범죄는 그중 한둘밖에 되지 않는다.

그럼에도 스킬러 범죄가 대중의 조명을 받는 것은 아무래도 그들의 특별한 능력이 화제를 불러 모으기 때문이 아닐까 싶다.

'언론이 문제군.'

내심 고개를 내저으며 현장을 나서는 현성이다.

"수로야."

"예, 조장."

"스마트폰으로 검색해서 맛집 좀 찾아봐라."

김수로는 이 말을 기다렸다는 듯이 스마트폰으로 맛집을 검색한다.

경찰 간부가 최명수를 부른다.

최명수가 경찰 간부와 이야기를 나누는 사이 맛집을 찾아낸 김수로가 현성에게 말한다.

"아귀찜 좋아하나?"

"아뇨."

"그럼 뭘 좋아하지?"

김수로는 약간 못마땅한 표정으로 되묻는다.

"자장면요."

하아…….

김수로의 입에서 한숨이 나온다.

"돈 때문이라면 걱정 안 해도 돼. 우리 돈으로 사 먹는 게 아니니까. 뭘 먹든 영수증 처리만 하면 되거든. 외근자의 특권 중 하나지."

현성의 대답을 돈 때문이라고 오해한 수로가 천천히 설명해 주었다.

"그렇군요."

"우리가 이상해 보이나?"

"아뇨."

"후훗. 융통성이 있군. 전에 어떤 녀석은 국민의 혈세를 낭비하면 안 된다며 되게 깐깐하게 굴었지. 같은 조원이었는데……."

말끝을 흐린 김수로의 얼굴에서 슬픔이 엿보인다.

현성은 그 슬픔의 내막을 묻지 않았다.

경찰 간부와 이야기를 마친 최명수가 이들에게로 걸어온다.

"맛집 알아봤어?"

"예, 아귀찜 잘하는 곳이 있습니다."

"그래? 잘됐네. 아귀찜 괜찮은가, 선우 요원?"

현성은 두 사람을 바라보며 고개를 내저었다.

"아뇨, 전 이대로 퇴근하겠습니다."

사무실에 들어가 봐야 딱히 할 일도 없는 현성이다.

교육이다 뭐다 해서 귀찮은 일뿐이다.

그러니 이른 퇴근의 기회가 왔을 때 냉큼 잡는 게 이득이다.

"이런… 수로야, 점심은 포기해야겠다."

"그래야겠네요."

현성은 자신의 교통편 때문에 두 사람이 맛집을 포기하려는 것을 보자 얼른 나섰다.

"저 혼자 알아서 가겠습니다."

"그럴 수는 없지. 한 팀인데."

"아뇨, 혼자 가는 게 편합니다."

현성이 이렇게까지 말하자 두 사람은 '그래도 괜찮겠냐?'라는 말로 그의 의중을 다시 떠보았다.

현성은 확고한 음성으로 거듭 혼자가 편하다고 말했다.

두 사람은 아직 현성의 능력을 알지 못한다.

"그럼 정류소까지 태워……."

"아뇨, 여기서 바로 가겠습니다."

"자네… 공간 이동 스킬러인가?"

"예."

현성의 담담한 대꾸에 두 사람은 부러움을 그 표정에 드러냈다.

사건 현장에서 현성은 곧장 집으로 도약했다.

팟!

*   *   *

아연에게 못된 짓을 하려다 번번이 현성의 개입으로 그 뜻을 이루지 못했던 이상배는 지금 몸담고 있는 조직과 손을 잡았다.

현성이 연수원에서 훈련을 받으며 육 개월을 보냈듯 이상배 역시 모처에서 교육을 받았다.

상배는 그곳에서 꽤나 많은 다인종 스킬러들을 볼 수 있었다.

하지만 이들과의 사적인 대화는 금지였기에 개개인의 자세한 사정은 묻지 못했다.

또한 자신이 소속된 조직의 실체에 대해서도 몰랐다.

모든 것이 베일에 가려져 있었다.

그럼에도 이상배가 이 조직을 떠나지 못하는 이유는 조직이 그에게 베푸는 다양한 혜택 때문이다.

어느 날 세계인을 찾아온 스킬러 카드가 아니었다면 이상배는 평생 공장이나 공사판을 전전하거나, 아니면 감옥을 들락 날락거리다 인생을 마감했을 것이다.

스킬러 카드!

이상배에게 이 신비로운 카드는 인생 반전을 제공한 축복의 카드였다.

"반스킬러 집회자들이 광화문에 모여 있군. 정말이지 우리나라 사람들은 이해를 못 하겠어. 시대가 바뀌었으면 시대에 맞춰 탄력적으로 생각하고 행동해야지. 저게 무슨 짓인지. 저러니 평생 손발이 고생하는 거야. 쯧쯧."

TV 화면에 비친 반스킬러 집회의 뜨거운 열기가 브라운관을 꿰뚫고 나오는 듯하다.

사실 이와 같은 정국 분위기는 자본의 은밀한 개입이 언론, 단체, 그리고 정치권에 뻗쳤기에 가능했다.

이러한 사실도 모른 채 대다수의 대한민국 국민들은 그 특유의 분열성에 또 빠져 있었다.

회심의 미소를 띤 유오찬은 제 와인 잔을 가볍게 흔들고 있었다.

대한민국을 제 술잔에 담은 것처럼.

상배가 빈 맥주 캔을 손으로 우그러뜨리며 오찬에게 말한다.

"형, 장의사 새끼는 언제 잡아 족칠 거야?"

유오찬은 대한민국의 반스킬러 감정을 부채질하라는 명령을 받고 입국했다.

물론 합법적인 입국은 아니다.

오늘 유오찬은 대규모 반스킬러 집회에 폭탄(?)을 투하할 생각이었다.

그 일은 집회의 수위를 더욱 높여 대한민국의 스킬러들을 더 큰 불안감에 빠져들게 만들 것이다.

유오찬이 속한 조직은 대한민국을 스킬러 청정 지역으로 만들려는 야심찬 계획을 갖고 있었다.

하지만 왜 그런지는 유오찬 역시 알지 못했다.

아니, 그 내막을 알아도 오찬은 그 일에 대한 평가 따위를 하고 싶은 마음이 없었다.

제 삶의 질을 높여준 곳이 정의라 생각하는 자였기에.

"그 일은 이번 일이 끝난 뒤에 할 거야. 놈은 우리의 개인적인 후식일 뿐이야."

이상배는 유오찬의 말이 마음에 든 듯 이 말을 곱씹는다.

그러나 그 후식에게 이들 모두가 낭패를 당했었다.

그 일은 이상배에게나 유오찬, 그리고 나머지 조원들에게도 수치심으로 남아 있었다.

띠리리링.

유오찬이 TV를 끄고 전화를 받는다.

"꼬리는 안 붙었지? 그래, 잘했다. 한 시간 후 연락하지. 지금 쓴 핸드폰은 없애. 그래, 알았다."

상배는 오찬이 전화를 끊은 뒤 핸드폰을 박살 내는 것을 보며 참 철두철미하구나 하고 생각했다.

"성공했대? 그 여자, 대단한 집 딸내미라고 했잖아. 건드려도 돼?"

"걱정하는 표정이 아니라 아쉬워하는 표정이네, 우리 상배. 크크."

"쳇, 형도 그랬잖아. 미모의 여배우 차민연이야. 실제로 볼 수 있는 기회인데."

차민연? 지금 이상배는 차민연을 거론하며 입맛을 다시고 있었다.

앞에 여배우란 타이틀이 붙었으니 요즘 네티즌들의 도마에 오른 여배우 차민연이 맞을 것이다.

여배우 차민연에서 요즘은 스킬러 차민연으로 대중에 더 잘 알려진 그녀.

최근 반스킬러 집회가 붐처럼 일어나자 스킬러임을 밝힌 연예인들은 모든 활동을 중단한 채 사태의 추이를 지켜보고 있었다.

차민연 또한 그런 연예인 중 하나였다.

"짜식이 꼴에 사내 새끼라고. 흐흐. 현숙이 앞에선 그러지 마라. 잔소리 듣기 싫으니까."

"내가 바본가? 현숙이 누나 성격 뻔히 아는데 그 앞에서 내 무덤 파는 짓 하게."

"상배 많이 똑똑해졌네. 역시 교육의 힘은 대단해."

"그런데 차민연 하나로 불이 지펴지겠어?"

"안 되지. 그래서 사전 작업을 한 거잖아. 우린 여기 앉아서 TV로 상황을 보면 돼. 매국을 경제의 논리로 생각하는 지저분한 녀석들의 행동만 지켜보면……."

사전 작업? 유오찬의 말에서 위험한 냄새가 난다.

그리고 다시 켜진 TV에선 스킬러를 옹호하고 그들의 이익을 챙겨주려는 정부의 행동을 비난하는 성명과 규탄이 함성처럼 드높다.

"스킬러를 이 땅에서 추방하자!"

"스킬러에게 전자 발찌를 채워라!"

"정부는 우리의 세금을 낭비하지 마라! 신귀족주의 정책에 반대한다!"

"철폐하라! 철폐하라!"

와아아아ㅓ!

오랜만에 집에서 홀로 자장면과 군만두로 즐거운 점심시간을 보낸 현성은 TV 뉴스를 보며 연방 눈살을 찌푸렸다.

대한민국의 스킬러들은 외국에서 발생하는 사건들을 놓고 볼 때 양반도, 상양반이다.

물론 강도 높은 범죄를 저지르는 자들도 있긴 했지만 그건 그야말로 소수다.

몇몇 인간이 자연을 훼손했다고 모든 인간을 싸잡아 그리 볼 수 없듯, 스킬러도 마찬가지다.

하지만 유독 대한민국의 국민은 국내 스킬러들을 못 잡아먹어서 안달했다.

어떤 이는 이러한 현상을 열등감의 표현이라 했고 어떤 이는 질투와 실망의 자기 표출이라고도 했다.

"시내에 갔다 오면 되겠군."

시계를 보니 아연과 희연이 학교에서 돌아올 시간이 한참이나 남았다.

현성은 출퇴근 목적의 자가용을 사기 위해 시내에 나가기로 했다.

또한 자매의 겨울나기용 외투도 염두에 두고 있었다.

드르륵.

언제 들어도 현성의 마음을 편하게 만드는 여닫이 문소리.

손님을 문까지 배웅하러 나온 맞은편 가게 빵집 주인이 현성을 보며 고개를 갸웃한다.

분명 아침에 출근하던 그를 보았는데 지금 제집에서 나왔기 때문이다.

현성 역시 자신을 쳐다보는 빵집 주인을 보았다.

그는 가볍게 고개 숙이며 아는 척을 했고 빵집 주인은 빙그레 웃어준 뒤 제 가게로 들어가 버렸다.

빵집 주인에게 미움의 대상은 현성의 극락 장의 용품 가게

지 현성, 그가 아니다.

"택시!"

큰길로 나온 현성은 지나가는 택시를 잡았다.

라디오에서 반스킬러 연대의 집회 소식이 흘러나온다.

택시 기사는 혀를 차다 현성에게 목적지를 물었다.

현성이 목적지를 말하자 택시 기사는 난색을 표했다.

그가 지금 가려는 목적지와 집회 장소가 인접해 있었기 때문이다.

자칫 집회의 물결에 휩쓸리면 오늘 하루를 공칠 수 있었다.

승차 거부!

제 입맛에 맞는 승객을 태우려는 대부분의 택시 기사처럼 이 기사도 그러한 부류였다.

'장사도 안 되는데, 뭐.'

낮인 점을 감안한 택시 기사는 상대에게 불쾌감과 모멸감을 안겨주는 승차 거부란 불법 카드를 버렸다.

부아아아아앙.

차창 밖 가로수는 늦가을 색으로 제 몸을 물들이고 있었다.

행인들의 복장도 조금씩 두꺼워진다.

젊은 여자들은 계절이 무색할 만큼 아직 여름이다.

택시가 시내 중심가로 접근할수록 여자들의 계절은 더더욱 여름이다.

요금을 낸 현성은 전에 봐두었던 자동차 영업소로 걸어갔다.

두 개의 횡단보도를 건넜고 150미터쯤을 걸었다.

저 앞쪽으로 피켓을 든 사람들이 반스킬러 구호를 외치며 간다.

현성이 걷고 있는 보도 맞은편에서도 한 무리의 사람이 피켓을 흔들고 구호를 외치며 걸어가고 있었다.

그 모습은 마치 강이 바다를 향해 흘러가는 것 같다.

스쳐 가는 한 무리의 사람들, 그리고 그 뒤를 이어 또 한 무리.

현성은 눈살을 찌푸리며 이들을 보다가 자동차 영업소 건물로 걸음을 옮겼다.

그때 그의 눈에 이상한 것이 띄었다.

건물과 건물 사이 틈새 길에서 서너 명의 남자에게 둘러싸인 여자였다.

그녀의 모습이 무척 눈에 익다.

'…차민연?'

차민연과는 현성 역시 인연이 있었다.

하지만 현성은 그녀의 호의적인 접근을 칼로 자르듯 단박에 잘라냈다.

그 뒤 곧바로 연수원에 들어갔기에 더 이상 그녀에 대해 생각하지 않았다.

그런데 의외의 장소에서, 그것도 주변 분위기가 뒤숭숭한 현장과 인접한 곳에서 남자들에게 둘러싸여 있는 차민연을 보자 발걸음이 쉽게 떨어지지 않았다.

저들은 그녀의 보디가드일 수도 있다.

문제는 현성의 눈엔 저 남자들이 그녀의 보디가드로는 전혀 보이지 않는다는 데 있었다.

순간 현성은 갈등했다.

이대로 가버리면 퇴근 시간 전에 볼일을 다 보고 집으로 갈수 있다.

그러나 이를 확인하다간 자칫 퇴근 시간에 걸려 길에서 고생할 수도 있었다.

결국 현성은 한숨을 내쉬며 영업소로 향하던 발걸음을 돌렸다.

*   *   *

차민연은 피부과 병원에서 집으로 돌아가는 길에 납치를 당했다.

차량에 타고 있던 매니저와 코디는 어찌 되었는지 알 수 없었다.

남자들은 몹시 거칠었고 단호했다.

이들의 손에서 벗어나기 위해 차민연은 잘 사용하지 않던스킬러의 능력을 사용했다.

한데 놈들이 희생양을 내준 뒤 그녀가 능력을 사용하자마자 기다렸다는 듯 덮쳐 지금의 처지가 된 것이다.

남자들은 차민연을 끌고 주차 타워로 들어섰다.

그 입구에 경비원으로 보이는 자도 이들과 한통속인 듯 건물 내부로 들어가는 문을 말없이 열어준 뒤 경계하듯 주위를 살폈다.

건물 모퉁이 외벽에 몸을 숨긴 현성은 이를 살펴본 뒤 안쪽으로 들어갈 수 있는 다른 문이 있나 돌아보았다.

그는 불편한 시선들을 느꼈다. 감시받는 느낌이다.

'입구는 하나뿐인 건가?

은밀한 잠입은 불가능한 상황이다.

현성은 핸드폰을 꺼냈다.

스킬러와 연관된 사건이니 상부에 보고하여 지원을 요청할 생각이다.

그런데 하필이면…

"…죽었군."

여분의 탄창 세 개와 장착된 탄창 한 개.

이 정도면 강행 돌파해 차민연을 구하는 건 일도 아닐 것이다.

문제는 도심에 퍼질 총성이다.

외진 곳이라면 몰라도 이곳에서 총을 쏴댔다간 승냥이 같은 언론이 달려들 것이다.

되도록 총은 자제하는 선에서 민연을 구해야 한다.

주차 빌딩 주변은 사람들의 왕래가 유독 없었다.

불법 영업장의 보초를 서는 듯 사방을 경계하는 남자들만 건물 주위에 보일 뿐이다.

앞서 건물 주위를 돌아볼 때 모두가 한패 같다는 느낌을 받았다.

그때 차량 한 대가 주차 빌딩 앞에 섰다.

현성은 '이 차량도 놈들과 한패가 아닐까?'라는 생각을 했지만 그의 이러한 생각은 한낱 기우였다.

경비원은 주차 빌딩이 꽉 찼다며 차량을 돌려보냈다.

빌딩 주변에서 사방을 경계하는 듯했던 남자들도 차량이 떠나자 그제야 시선을 일제히 거두었다.

'역시 한패군.'

밖에 있는 자들은 경비까지 포함해서 여덟이다.

민연을 에워싼 남자들의 숫자만 일곱. 확인된 숫자는 총 열여섯.

문제는 저 건물 안에 또 몇 놈이 더 있을지 알 수 없다는 것이다.

일단 밖에 있는 자들부터 정리하기로 한 현성은 놈들의 위치를 머릿속에 떠올렸다.

현성은 자신과 가장 가까운 자들부터 시작해서 경비원까지 처리하기로 결정한 뒤 움직였다.

연수원에서 배운 진압 훈련 기술이 여기서 빛을 본다.

사람을 혼절시키는 기술은 쉽지 않다.

특히 주변을 경계하는 자들이라면 더더욱 어렵다.

하지만 이러한 기술은 현성이 연수원에서 교육받기 이전부터 몸에 익히고 있던 것들이다.

경계를 맡고 있던 남자들을 하나씩 제압해 나가며 현성은 이들의 품을 뒤졌다.

핸드폰을 찾기 위해서였다.

그런데 개나 소나 다 갖고 다니는 핸드폰이 이 남자들에겐 없었다.

'대체……'

하나의 계획이 어긋났다.

아직 외부엔 경비원이 남아 있었다.

주변을 살핀 현성은 경비원을 향해 곧장 걸어갔다.

건장한 체구의 경비원이 매서운 눈으로 그를 제지했다.

경비원에게선 별다른 경계심이 느껴지지 않았다.

자신 말고도 주변에 패거리가 있다는 안도감 때문이다.

"무슨 일이오?"

"핸드폰 있습니까?"

"핸드폰요?"

"예."

"없습니다."

경비원의 대답에 현성은 무심한 얼굴을 하고 있었지만 내심 한숨을 흘렸다.

쉽고 안정적인 일처리가 물 건너갔기에…….

내부로 잠입한 현성은 두 남자로부터 다짜고짜 공격을 받았다.

한 명의 공격은 막고 다른 한 명의 안면을 가격한 뒤 공격을 방어한 남자의 관자놀이를 팔꿈치로 찍어 기절시켰다.

안면을 강타당한 남자는 신음이 절반도 흘러나오기 전에 현성의 무릎 공격으로 의식을 잃어버렸다.

눈 깜짝할 사이에 벌어진 일이다.

현성은 쓰러진 남자들의 품속을 재빨리 뒤지며 주변을 경계한다.

'이들도 핸드폰이 없네. 뭐지!'

다행히 제압 중에 발생한 소음이 다른 이들의 귀에 들어가지 않은 듯 몰려오는 기척은 없었다.

현성은 품에서 권총을 빼 들었다.

철제 계단을 올라가는 현성의 신경은 면도날처럼 예리해졌고 움직임은 마치 도둑고양이처럼 가볍고 기척이 없었다.

그렇게 주변을 경계하며 올라간 2층에는 아무도 없었다.

다시 3층으로 쭉쭉 올라가던 현성은 어느새 옥상으로 통하는 계단까지 올라왔다.

철제문 입구에서 두 남자가 경계를 서고 있었다.

이 지형은 현성에게 불리했다.

놈들에게 접근하기도 전에 발각될 확률이 백 퍼센트다.

저 철제문 안쪽에 무엇이 있을지 알 수 없는 상황에서 섣부른 행동은 곤란했다.

'위협해야겠군.'

현성은 몸을 드러냈다.

문 앞에 있던 자들이 현성을 발견하자 다들 인상을 험악하게 만들며 무기를 빼 들었다.

칼이다.

그러나 이들은 그 칼을 휘두르지도, 던지지도 못했다.

자신들을 겨냥한 검은 총구 때문이다.

두 개의 칼이 단단한 콘크리트 바닥을 친다.

손을 머리 위로 든 남자들의 얼굴에 긴장감이 흐른다.

총구를 겨냥한 채 현성이 남자들에게 접근했다.

오른쪽 남자를 현성은 권총의 손잡이 단단한 부분으로 찍어 기절시켰다.

동료가 당하자 이에 놀란 남자가 소리를 지르려 했다.

그러나 그 소리는 목구멍 밖으로 튀어나오지 못했다.

총구가 제 이마에 딱 붙어버렸기 때문이다.

"죽고 싶으면 소리쳐라."

"누, 누구요?"

남자의 목소리는 떨리는 눈동자만큼이나 흔들렸다.

철제문을 힐끗 본 현성이 나직한 음성으로 남자에게 물었다.

"차민연이 저 안에 있나?"

현성은 굳이 남자의 대답을 들을 필요가 없었다.

표정으로 남자가 대답했기 때문이다.

남자의 말을 들을 필요 없다는 듯 현성은 다음 질문으로 넘어갔다.

"안에 몇 명이나 있지?"

"모, 모른다."

현성의 검지가 천천히 안쪽으로 움직였다.

남자의 동공은 그 움직임에 반응해 확장됐다.

"자, 잠깐!"

당황한 남자가 현성의 움직임을 제지했다.

현성은 말없이 남자의 두 눈을 노려보며 할 말 있음 해보란 듯 배짱을 부렸다.

"다, 다섯입니다."

생각보다 적은 숫자에 현성은 내심 안도의 숨을 내쉬었다.

"너희의 목적은 뭐지? 금품인가?"

유명인의 납치는 사회적인 화제를 모은다.

이는 드러났을 때의 문제고 납치된 당사자에게 외부에 알릴 수 없는 치욕적인 일을 안겨준다면… 글쎄, 어떤 상황이 벌어질까? 현성이 보기에 차민연을 납치한 놈들은 계획적이고 조직적이었다.

이를 생각하면 단순히 돈 때문만은 아닐 것 같았다.

그리고 이 주변은 반스킬러 집회자들이 대거 운집하여 경찰력이 일대에 쫙 깔려 있다.

이는 불씨를 안고 화약고에 들어앉은 경우다.

뭐, 그래 봤자 하루만 지나면 집회자들과 경찰력이 해산하겠지만.

"모, 모릅니다."

"그렇군."

현성은 남자를 기절시켰다.

점점 사람을 때려 기절시키는 일이 더 익숙해지는 현성이다.

'다섯이라…….'

조용히 되뇌던 현성의 두 눈빛이 매섭게 빛난다.

*　　　*　　　*

띠리리리링.

주차장 옥상에 핸드폰 벨 소리가 울린다.

현성이 그토록 원하던 핸드폰이 바로 여기 하나 있다.

"예, 준비는 끝났습니다. 예에, 예. 한 시간 후 바로 시작하겠습니다."

옥상엔 십여 대의 차량이 주차되어 있었다.

그중 선팅이 진한 봉고차 앞에서 한 남자가 핸드폰 통화를 끝냈다.

봉고엔 의식을 잃은 차민연이 양손과 발이 결박당한 채 쓰러져 있었다.

차량에서 멀지 않은 곳엔 세 명의 남자가 모여 포커를 치고 있었고 한 명은 옥상 난간에서 집회 현장을 망원경으로 살펴보고 있었다.

"한 시간 후에 출동한다. 모두 준비해라."

핸드폰 통화를 한 남자가 이들의 우두머리인 듯 모두 군말 없이 그 지시를 이행하기 위해 주변을 정리했다.

포커판을 치우던 한 남자를 향해 우두머리가 말했다.

"민석이, 넌 내려가서 애들 1층 입구에 대기하라고 해."

"엡!"

민석은 철제문을 열고 나오다 현성에게 걸려 그 자리에서 공격받아 기절했다.

'넷인가?'

길가다 돈 주운 기분이랄까? 다섯 중 하나를 손쉽게 제거하자 현성은 일이 잘 풀릴 징조처럼 느껴졌다.

하나, 둘, 셋! 속으로 숫자를 센 현성은 철문을 걷어찼다.

쾅!

네 명의 사내가 이 소리에 놀라 일제히 고개를 돌렸다.

그 짧은 순간 현성은 놈들의 위치를 파악한 뒤 방아쇠를 당겼다.

총성이 네 번 도심 상공을 천둥처럼 울린다.

비명이 그 숫자에 맞게 터진다.

현성은 열린 봉고차 문 안에서 묶여 있는 차민연을 발견했다.

곧장 그 방향으로 뛴다.

문 입구에 있던 남자가 품에서 무언가를 꺼내 들었다.

짙은 갈색의 작은 물체.

'총!'

깡패 두목에 이어 정체불명의 인간까지 총기를 갖고 있다니 총기류 청정 지역이란 대한민국이 맞나 싶었다.

현성은 속도를 줄이는 대신 몸을 띄워 중심을 잡은 뒤 허공에서 이 남자의 손을 향해 방아쇠를 당겼다.

타아—앙!

"크악!"

피범벅이 된 제 손을 부여잡은 남자가 고통이 담긴 비명을 목이 터져라 질러댄다.

이 남자 앞에 착지한 현성은 온 힘을 다해 그의 얼굴에 발차기를 먹여주었다.

퍼억!

총상을 입은 세 남자를 빠르게 돌아본 현성이 버럭 소리쳤다.

"개수작 부리면 뒈진다!"

차민연의 상태를 살핀 현성은 의식이 온전치 않고 몸이 결박된 점을 제외하면 그녀의 몸에서 성폭행이나 구타의 흔적을 찾을 수 없다는 것을 확인했다.

일단 이에 안심한 현성은 총상을 입은 녀석들을 한곳으로 모았다.

꾸물거리거나 눈치를 보는 녀석은 다짜고짜 두들겨 패버렸다.

살벌한 그의 행동에 모두가 찍소리 못 하고 고분고분했다.

그때 현성의 눈에 총기를 꺼내 든 남자 옆에 떨어진 핸드폰이 보였다.

순간 그의 얼굴에 화색이 돈다.

현성이 핸드폰을 잡아 다이얼 패드를 누르려다 멈칫한다.

'아, 전화번호.'

단축 버튼, 혹은 그룹명에 입력된 전화번호나 써봤지 이를 기억했다가 일일이 버튼을 누른 적이 없었다.

그렇다 보니 전화번호가 생각나지 않는다.

그래도 이런 상황에선 생각나는 번호, 112.

주차 빌딩의 위치와 상황을 빠르게 설명한 현성은 전화를
끊은 뒤 묶인 차민연을 풀어주었다.

생수를 발견한 현성이 정신을 차리지 못한 민연의 얼굴에
그 물을 부어준다.

약한 신음과 함께 차민연이 눈을 뜨자 현성은 그녀의 뺨을
톡톡 쳐 자극을 주었다.

조금씩 또렷해지는 그녀의 눈빛에 현성은 그제야 안도의 숨
을 내쉬었다.

"다, 당신은?"

현성을 알아본 차민연이 어눌한 목소리로 말했다.

그러다 곧 어디가 아픈지 그 고운 눈썹을 찡그리며 약한 신
음을 흘렸다.

"다친 곳이 있습니까?"

"여긴 어디죠? 사람들에게 납치……."

그제야 모든 것이 생각난 듯 잔뜩 굳은 표정으로 몸을 일으
킨 민연은 제 몸을 살폈다.

조금씩 그녀의 얼굴에 안정과 안도가 감돌았다.

그리고 위기 때마다 나타나 자신을 구출해 준 현성을 신기
하게 바라보았다.

한 번이라면 우연으로 치부할 수 있다.

하지만 두 번이나 위기에 처한 자신을 구출해 주었다.

민연은 '그와 자신이 운명으로 엮인 사이가 아닐까?' 라는 생각에 빠져들었다.

현성이 핸드폰을 민연에게 건네며 연락할 곳이 있으면 하라는 말을 해주었다.

"경찰에 연락했으니 곧 올 겁니다."

"고, 고마워요."

잘 익은 홍시처럼 얼굴을 붉힌 민연이 어딘가로 전화를 걸었다.

현성은 곧 총상을 당한 자들을 그들의 허리띠로 묶어버렸다.

이젠 기다리는 일만 남았다.

"스킬러 우대 정책을 정부는 즉각 철회하라!"

"스킬러에 대한 통제를 강화하라!"

높은 곳이라 그런지 반스킬러 집회자들의 외침이 바로 곁에서 들리는 것 같다.

찌푸린 얼굴로 현성은 옆에 놓인 망원경을 들었다.

반스킬러 집회자들 반대편에 이들의 집회를 비난하는 무리가 보였다.

숫자로 따지면 그 무리는 집회자들에 비해 조족지혈에 불과했다.

하지만 이 무리의 출현이 가지는 의미와 파장은 클 것이다.

이제까지 반스킬러 집회는 규모나 활동이 활발한 데 비해 스킬러들의 상황을 이해하고 옹호하는 자들은 오프라인에서의 활동이 전무했던 점을 감안하면.

'진작 저랬으면 좋았을 텐데.'

대한민국 사회가 자신들을 미워한다고 믿어버린 스킬러들은 그동안 외국으로 이민을 가거나, 혹은 극단적이게도 망명을 해버렸다.

이민은 모르나 망명은 그 의미와 파장이 남달랐다.

이들의 망명은 대한민국 사회에서 반스킬러 연대에 힘을 실어주는 초석이 되어버렸다. 아이러니하게도.

한 언론 매체를 통해 알려진 내용을 보자면 이민자와 망명자를 합쳐 외국으로 빠져나간 스킬러의 숫자는 대략 이천 명 내외라고 한다.

실로 엄청난 숫자라 아니할 수 없다.

"저… 여자는!"

망원경을 내려놓으려던 현성은 스킬러 옹호자들 무리에서 낯이 익은 여자를 보게 되었다.

희연을 납치하려던 스킬러 중 하나인 박현숙이 그 무리에 섞여 있었다.

후미에서 이 무리를 진두지휘하는 사령관처럼.

제9장
음모의 흔적

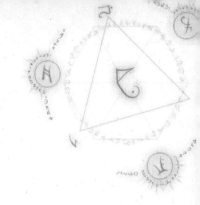

　픽션에서나 등장할 법한 기이한 능력을 가진 그들을 우리는 스킬러라 부른다.

　현대 의학을 총동원하여 그들을 정밀 검진했다.

　이 검진을 통해 우리는 오히려 더 깊은 미궁 속에 빠져들고 말았다.

　신체, 뇌파 등의 반응은 그들이 능력을 발휘하기 전, 혹은 중이나 후에도 그 변화를 포착할 수 없었다.

　이는 그들과 평범한 인간을 현대 기술로는 전혀 판별해 낼 수 없음을 의미한다.

　밝혀내지 못하고, 알아내지 못하는 그들이 우리의 주위에 살고 있다.

　개개인의 성격과 환경, 그리고 목적의식에 따라 그 힘이 악용될 수 있음을 감안하면 이는 재앙과의 동거가 아닐까 싶다.

　　　　　—미연방 의학국 스킬러 수석 연구원의 보고서 일부 발췌

정부의 스킬러 우대 정책에 반대하는 대한민국의 여론은 부채질을 당한 듯 맹렬히 타오른다.

정부는 국민의 부정적인 생각을 돌리려고 노력했으나 이를 초기에 진화하지 못하여 그 결실을 볼 수 없었다.

바싹 메마른 산을 활활 태우는 산불이 강풍까지 만난 꼴이다.

"스킬러 우대 정책을 철폐하라!"

"우리는 정부의 차별 정책을 규탄한다!"

반스킬러 집회자들의 구호가 터지면 이를 저격하듯 친스킬러 집회자들의 목소리가 커진다.

"너희의 좁은 생각이 국가의 장래와 희망을 짓밟고 있다!"

"차별은 너희가 하고 있다. 너희의 이기심으로 국가의 동량을 떠나보내는 게 웬 말이냐!"

"시대의 흐름에 동참하라! 이기심을 버려라!"

북과 꽹과리에 확성기까지 동원됐으나 나름대로 평화적이던 양측의 논쟁은 차츰 그 수위가 높아지고 있다.

혈기왕성 한 일부 청장년들과 고집 센 노인들이 전면에 나서 서로 맹비난하며 욕설과 몸싸움도 한다.

싸움은 아직 양측의 외곽에서 이루어지고 있으나 이들의 격렬함은 집회자들을 점점 흥분으로 몰고갔다.

"아이고, 나 죽는다, 나 죽어! 새파랗게 젊은 놈이 노인 친다, 노인 쳐!"

"아악, 어딜 만지는 거야! 이 변태 성추행범아!"

"냄비나 닦을 것이지 여기가 어디라고 기어 나와서 구린내 날려, 이년들아!"

"너네 엄마도 여자거든! 이 막말 놈아!"

"뭐, 이 망할 년이!"

"너는 네 엄마에게도 그렇게 막말하냐!"

이러한 자들을 제지하느라 경찰은 이곳저곳에서 진땀을 빼고 있었다.

이 상태를 방치했다간 대규모 폭력 사태로 번질 조짐이 농후했다.

하지만 경찰이 여기에 개입하여 양측을 뜯어말리기엔 이곳에 운집한 사람들의 숫자가 너무 많았다.

흥분한 군중처럼 위험한 맹수는 없다.

그리고 둘 중 하나를 편드는 모습을 경찰이 보였다간 언론과 여론의 뭇매를 감당해야 할 판이다.

집회장 일대는 비방, 욕설, 그리고 점점 고조되는 감정이 물리적 충돌을 부르고 있었다.

삐뽀 삐뽀.

주차 빌딩과 그 일대 역시 출동한 경찰 사이렌 소리에 편치 않은 시간을 보내고 있다.

범죄자를 잡겠다는 건지, 아니면 알아서 다들 도망가라고

하는 건지 알 길 없는 저 요란한 소리가 영 마음에 들지 않는 현성이다.

그와 반대로 민연은 경찰들이 몰려오는 소리에 안도의 표정이 역력하다.

"고마워요, 현성 씨. 두 번이나……."

현성을 향한 민연의 눈은 감사의 마음만큼이나 큰 미묘한 감정이 그 속에 묻어 나고 있었다.

그녀의 인사를 현성은 귓등으로 들으며 내내 심각한 표정을 지우지 않는다.

아연을 납치한 범인들 중 하나가 저 집회장에 있다는 생각 때문이다.

이전과 다름없는 현성의 무뚝뚝한 태도에 민연은 다시 자존심이 상한다.

하지만 그녀의 그때 그 마음과 지금의 마음엔 변화와 차이가 생겨나 있었다.

한 번은 우연으로 생각할 수 있지만 두 번은 그녀에게 왠지 '현성이 제 운명의 남자가 아닐까?'라는 동화와 같은 상상을 하게 만든 것이다.

"천만에요. 기다리면 경찰이 올 겁니다. 그리고 그 핸드폰은 제게."

흔들림 없는 현성의 태도가 오히려 민연의 눈엔 서서히 듬직하고 멋진 남자로 자리 잡힌다.

그녀의 눈에 콩깍지가 단단히 쓴 것이리라.

"몸이 불편합니까?"

핸드폰을 건네주는 민연의 손이 떨리자 현성은 그녀의 몸이 안 좋다고 생각했다.

평화와 안정 속에 살았을 그녀에게 잇따른 사건들은 큰 타격이리라.

이곳에서 민연을 치료할 수단이 없었기에 현성은 경찰이 올 때까지 기다리라는 말을 툭 던져 놓곤 망원경을 놓아둔 곳으로 걸어갔다.

띠리리리링.

납치범들에게 압수한 전화가 그때 울린다.

핸드폰 액정 화면을 잠시 바라보던 현성은 통화 버튼을 누른 채 상대의 목소리를 기다렸다.

"실행해. 핸드폰은 즉시 폐기하도록."

상대는 다짜고짜 이 말을 한 뒤 전화를 끊어버렸다.

'뭐지?'

실행은 행동으로 옮긴다는 뜻이다.

그리고 핸드폰을 폐기하라는 것은 누군가의 추적을 우려한 용의주도한 면모다.

현성은 재발신 버튼을 눌렀다.

상대는 이를 받지 않았다.

한참을 기다려도 연결될 기미가 없었다.

탕탕탕!

총성이 연이어 옥상으로 올라온다.

현성은 의아한 표정을 짓다 곧 굳은 얼굴로 차민연에게 달려간 뒤 그녀를 봉고 뒤편으로 보냈다.

민연 역시 이 소리에 긴장하고 있었기에 그가 지시하는 대로 움직였다.

문 옆으로 달려가 벽에 기대선 현성은 문 안쪽을 살펴보았다.

이곳까지 오며 제압한 녀석들이 깨어나 경찰과 싸우는 걸까? 그렇지 않고서야 총격전을 연상시키던 앞의 총성은 설명할 길이 없다.

탕탕!

다시 한 번 들려오는 총성.

이번엔 그 소리가 더욱 크고 선명하다.

뒤이어 계단을 뛰어오르는 날렵한 구둣발 소리가 들려온다.

현성의 품에서 권총이 다시 그 모습을 드러낸다.

경찰이면 좋겠지만 느낌상 그들이 아닐 것 같다는 생각이 든 현성이다.

십 분이 안 되어 구둣발 소리의 주인들이 현성의 시야에 들어온다.

남자들은 경찰을 상징하는 제복을 입지 않았고 그들의 손에는 하나같이 권총이 쥐어져 있었다.

대한민국 사회에 언제부터 총기가 이리 범람했던가.

'상황이 복잡해졌군.'

맨손이면 모를까, 무리는 총을 휴대하고 있다.

저들을 옥상으로 들였다간 불리한 총격전을 벌일 판이다.

현재 지형지물 면에서 현성이 저들보다 유리한 쪽이다.

옥상 입구만 틀어막으면 놈들이 올라올 곳은 차량 승강기뿐이다.

현성이 의문의 무리를 향해 날카롭게 소리쳤다.

"멈춰! 신분을 밝혀라!"

잠시 멈칫한 자들은 그의 말을 무시했다.

옥상으로 진입하려는 자들을 향해 현성은 경고의 의미로 사격을 가했다.

위협용이다.

무리는 그 즉시 날렵한 동작으로 엄폐물을 찾아 몸을 숨겼다.

현성은 벽에 등을 기댄 채 안쪽을 경계하며 무리의 반응을 기다렸다.

봉고 뒤에 숨어 있던 차민연이 극도의 불안감을 그 작은 얼굴에 드러내며 현성을 본다.

그녀를 향해 현성은 숨어 있으라는 뜻의 수신호를 보냈다.

민연이 고개를 내저으며 그를 향해 오려고 했다.

보다 강한 몸짓으로 현성은 그녀의 행동을 제지했다.

그럼에도 민연은 그의 말을 듣지 않았다.

그의 말을 듣기에 민연의 이성은 현재 두려움에 완벽하게 잠식당한 상태였다.

사람의 그림자를 본 무리가 이를 현성으로 오해한 듯 다짜고짜 사격을 가해왔다.

탕탕탕탕!

"악!"

겁에 질린 민연은 마치 총상을 당한 듯 그 자리에 풀썩 주저
앉았다.

다행히 그녀의 몸엔 총상의 흔적이 없었다.

현성은 문 안쪽으로 총을 쏴대며 다리에 힘이 풀려 주저앉
은 민연에게로 뛰어갔다.

놈들이 경찰이었다면 앞의 경고에 분명 반응이 있었을 것이
다.

하지만 놈들은 침묵과 사격으로 반응했다.

탕탕탕탕—!

탕탕탕!

도심에서 터져 나오는 잇단 총소리는 집회자들이 일으킨 소
음에 파묻혔다.

누구도 이곳을 주의 깊게 살펴보지 않았다.

탕!

총알 하나가 현성의 어깨에 화끈함을 남겨두고 스쳐 간다.

그의 어깨는 금세 피범벅이 되어버렸다.

차민연을 향해 몸을 날린 현성은 그녀를 품에 안은 채 바닥
을 굴렀다.

그의 위치를 파악한 자들이 총을 쏴대기 시작했다.

저것이 권총이기 망정이지 기관총이었다면 현성은 그 자리

에서 걸레짝이 되고 말았을 것이다.

"나… 난……."

현성의 부상을 보자 그제야 민연은 이성을 되찾을 수 있었다.

두려움과 죄책감이 현성을 향한 민연의 눈에 가득하다.

현성은 자신의 말을 듣지 않고 엄폐물에서 나온 그녀를 나무라지도 탓하지도 않았다.

그녀의 얼굴과 저 흔들리는 동공이 모든 걸 말해주고 있었기 때문이다.

현성은 놈들이 옥상으로 진입하는 것을 막기 위해 문 안쪽을 향해 총을 쏴댔다.

이쪽도 저쪽도 서로 보지 못한 채 탄알만 낭비했다.

출입구 옆을 점하고 있던 현성의 이점은 이로 인해 상실됐다.

여기에 부상까지 더해지니 상황은 현성에게 몹시 불리했다.

현성은 민연과 함께 차량 뒤로 몸을 숨겼다.

옥상 출입구에 그림자 하나가 아른거린다.

상황을 유리한 쪽으로 끌어가기 위해 놈들이 옥상 진입을 시도하려는 것이다.

탕!

현성의 총구에서 즉각 불이 뿜어진다.

"컥!"

총에 맞은 그림자는 안쪽으로 빨려 들어가듯 사라졌다.

다시 양측의 사나운 총격전이 벌어졌다.

"미, 미안해요. 나 때문에 현성 씨가… 바보같이 행동해서 정말, 미안해요. 흑흑."

"미안할 거 없어요. 어차피 후퇴를 고려하고 있었으니까."

아니다. 악착같이 출입구를 사수하려 했다.

하지만 어쩌겠는가. 상황은 이미 지나간 것을.

무뚝뚝한 그의 위로가 통했는지 민연은 많이 진정된 모습이었다.

그러다 곧 그의 어깨가 피범벅인 것을 다시 보자 그 눈에 눈물을 그렁그렁 매달았다.

"마, 많이 아프죠."

민연은 이 모든 게 자신의 잘못 같았다.

자신의 행동 하나하나가 필름처럼 그녀의 머릿속에 떠오른다.

하나같이 후회되는 행동과 선택뿐이었다.

제 살을 꼬집어 그 고통으로 정신을 추스른 민연은 현성이 권총을 소지하고 있었다는 것에 의문이 들었다.

그렇다고 그녀가 현성을 악당으로 여기는 것은 아니다.

이 상황을 잊기 위해, 안정감을 느끼기 위해 현성의 목소리와 관심이 필요할 뿐이었다.

"그런데 그 총은 어디서 난 거죠? 불법 무기 소지는 아니죠?"

민연은 자신의 질문에 혹시라도 그가 기분 나빠 하지 않을까 싶어 말해놓곤 곧 크게 걱정했다.

그녀의 걱정은 한낱 기우다.

"내 직업은 공무원이오."

타앙!

총알 한 발이 현성의 머리 위를 아슬아슬 스쳐 지나간다.

그 순간엔 대담무쌍한 현성조차 심장이 쪼그라드는 경험을 했다.

탕탕탕!

현성은 방금 전의 일에 대한 보복이라도 하듯 출입구를 향해 응사하며 품에서 핸드폰을 꺼내 민연에게 건네주며 재빨리 말했다.

"이곳 상황을 경찰에 알려요."

조기 퇴근에 능력을 사용했기에 현성은 지금 공간 이동을 할 수 없었다.

그렇지 않았다면 진작 이곳을 벗어나 안전지대로 가버렸을 것이다.

탕탕탕탕ㅡ!

찰나의 방심에 목숨의 유무가 결정되는 위급한 상황은 겨우 숨 고를 틈만 준다.

이 상황에서 현성이 할 수 있는 일이란 고작해야 적을 견제하며 시간을 끄는 것밖에 없었다.

그나마 탄창에 여유분이 있어 이것이 그를 위로할 뿐이다.

탕, 탕!

'집회를 하려면 조용한 촛불 집회나 할 것이지!'

적군의 기세를 죽이고, 아군의 기세를 올리기 위해 고대의 전장에서 흔히 사용되는 소음들이 이 일대를 장악하고 있다.

그렇지 않았다면 지금의 이 총격전은 시작 오 분도 지나지 않아 경찰과 특공대가 몰려와 평정되었으리라.

갑자기 상대편에서 공격을 멈추었다.

이에 현성은 의문을 느꼈지만 그는 이를 폭풍 속의 위험한 고요라 생각했다.

전의를 가다듬은 적보다 더 무서운 적은 없기에.

그때였다. 현성의 눈에 홀로 걸어 나오는 자가 보인 것이.

당당하게 입구에 등장한 남자는 현성과 민연이 엄폐물로 삼고 있는 차량으로 곧장 뛰어왔다.

죽으려고 작정하지 않고서야 있을 수 없는 위험천만한 행동이다.

현성은 눈살을 찌푸리며 뛰어오는 남자를 어찌할지 고심했다.

하지만 그의 고심은 길지 않았다.

타앙!

현성의 권총이 불을 뿜었다.

상대를 일격에 사살하는 치명적인 부위는 아니었다.

돌진을 저지하기 위해 다리를 겨냥해 쏘았다.

한데 다리에 일격을 허용한 남자는 여전히 건재했다.

남자는 등 뒤에서 권총을 빼 들었다.

양손에 하나씩 시커먼 철 덩이가 맹수의 이빨처럼 번뜩인다.

'스킬러!'

이 단어가 떠오르는 순간 현성은 아차 싶었다.

그 자신이 스킬러이고, 또 회사에서 많은 스킬러를 보고 있음에도 이를 전혀 고려하지 않고 있었다.

현성의 총구가 다시 요란하게 불을 뿜는다.

달려오는 남자의 속도로 볼 때 10초 이내에 엄폐물을 돌아 당도할 것이다.

그때가 되면 저 남자의 권총에 맞아 죽거나 아니면 항복해야 한다.

과연 저치들이 자신을 살려줄까? 기대는 않는 게 좋으리라.

1분을 버텨야 한다.

이 생각이 현성의 머리를 꽉 채웠다.

하지만 지금 상황에서의 1초는 남들의 한 시간과도 같았다.

더욱이 이 남자의 뜀박질 후 놈들이 출입구에서 옥상으로 쏟아지듯 나오기 시작했다.

놈들은 제 동료의 안위를 돌보지 않고 그 뒤에서 사납게 총질을 해댔다.

현성과 민연이 몸을 숨긴 차량은 차츰 고철로 변하기 시작했다.

탕탕탕탕탕!

사태의 심각성을 민연 역시 깨달았지만 그녀가 현성을 도울 방법은 아무것도 없었다.

"미안해요. 저 때문에… 저 때문에… 흑흑."

현성은 그녀의 사과와 눈물에 대한 위로의 말을 건넬 정신이 없었다.

지금 그의 머릿속은 이 상황을 어떻게든 극복해야겠다는 의지와 방법의 궁리로 가득했다.

생각할 시간은 초 단위.

번복 없는 단 한 번의 실행만이 유일하다.

남자가 차량을 돌아 나오는 그 즉시 남자의 쌍권총을 명중시켜 박살 내야 한다.

과연 남자가 반응하기 전에 두 개의 권총을 모두 맞춰 무력화시킬 수 있을까? 실패한다면…

'벌집 신세가 되겠지.'

그가 이러한 생각을 하고 있을 때였다.

그에게 제압당한 남자들이 일제히 비명을 지르며 그 삶을 타인에 의해 무참히 박탈당했다.

항복은 곧 죽음뿐임을 이를 통해 깨닫는다.

민연의 얼굴에도 그래서인지 공포가 선명하다.

"저쪽으로 달아나서 몸을 숨겨요."

현성은 차량이 열을 지어 주차된 후방을 가리키며 민연에게 말했다.

민연은 그와 떨어지고 싶지 않았다.

이 상황에서 그나마 믿고 의지할 사람은 현성이 유일했기 때문이다.

고개를 내저으며 소리 없이 우는 민연의 양어깨를 힘주어 움켜잡은 현성은 단호하게 말했다.

"여기서 죽고 싶습니까? 일 퍼센트의 기회라도 잡아요."

"다, 당신도 함께 가요, 현성 씨."

"더 이상 말 않겠습니다. 기회는 지금뿐입니다."

현성의 표정과 눈빛에 민연은 울음이 터져 나오려는 제 입을 틀어막았다.

민연은 사력을 다해 현성이 가리킨 방향으로 움직였다.

그의 말을 들어줌으로써 현성의 부담을 덜어주자는 그녀 나름의 절박한 용기였다.

후방에 주차된 차량으로 민연이 뛰어가는 것과 동시에 예의 그 총알을 무시하던 남자가 현성 앞에 등장했다.

남자는 반사적으로 민연을 보았다.

그 짧은 순간이 현성에겐 빛나는 기회를 선물했다.

탕탕!

절체절명의 순간에서 망설이는 자는 멍청하다.

현성은 결코 멍청하지 않았기에 이 찰나의 기회를 놓치지 않고 움켜잡았다.

남자가 쥐고 있던 권총마다 현성이 쏜 총알이 하나씩 틀어박혔다.

부지불식간에 벌어진 일이라 남자는 크게 당황했다.

하지만 곧 평정심을 회복한 남자는 그 얼굴에 분노의 감정을 표출했다.

상황은 여전히 이 남자에게 유리했다.

"놀랍군. 하지만 그뿐이다!"

남자가 현성을 향해 들소처럼 달려들었다.

몸의 중심을 낮춘 현성은 남자의 다리를 걸어 그 중심을 무너뜨렸다.

휘청거리던 남자의 몸을 차량 밖으로 밀어낸 현성은 그를 엄폐물 삼아 무방비 상태로 뛰어오는 이자의 동료를 향해 방아쇠를 당겼다.

저지용 공격이 아니라 살인용 공격이다.

"크아악!"

"컥!"

앞서 달려오던 세 명의 남자가 현성이 쏜 총에 맞아 그 자리에서 즉사했다.

이들의 뒤를 따라오던 남자들은 황급히 주차 된 차량 뒤로 몸을 날리며 욕설을 날렸다.

한순간 현성의 엄폐물이 된 남자는 격분했다.

홍분한 남자의 손이 현성을 잡아채기 위해 짓쳐 들었다.

현성은 공이 튀어 오르듯 살짝 몸을 띄운 뒤 남자의 몸을 다리로 밀었다.

현성과 남자의 몸이 동시에 반대 방향으로 밀려 나갔다.

뒤구르기를 하며 현성은 새로운 엄폐물에 몸을 숨겼다.

환상적인 몸놀림과 과감한 결단력이 한 호흡 만에 완벽하게 이루어졌다.

밀어차기에 밀려난 남자는 차량에 부딪힌 뒤 중심을 잡았다.

남자의 격분은 정수리를 뚫고 치솟았다.

남자는 맹수처럼 포효하며 현성을 향해 달려들었다.

시계의 초침은 냉정하게 제 갈 길을 묵묵히 가고 있다.

남자는 서서히 초조해지기 시작했다.

능력의 유지 시간 때문이다.

"쥐새끼 같은 놈! 죽여 버리겠다!"

현성은 자신을 향해 달려오는 남자와 동일한 방향으로 뒤구르기를 했다.

남자의 몸뚱이는 현성의 다리 위에 놓여 허공으로 날아올랐다.

남자를 날려 버린 현성은 차량에 몸을 밀착했다.

머리 위 유리창이 깨져 현성의 머리 위로 떨어져 눈처럼 쌓였다.

이를 털어낼 시간도 없이 현성은 깨진 창문을 통해 서너 발의 총알을 적들을 향해 날렸다.

그러곤 재빨리 자세를 낮춘 뒤 새 탄창으로 갈아 끼웠다.

저만치 날아가 볼썽사납게 꼬꾸라졌던 남자가 벌떡 일어나 현성을 향해 다시 달려들었다.

하지만 이번엔 앞서와 달리 꽤나 신중한 태도였다.

남자와 현성의 거리는 불과 3미터.

현성이 평소 잘 사용하지 않던 얼굴 근육이 움직인다.

남들은 이를 미소라고 부른다.

현성의 검지가 제 손목을 가리킨다.

남자는 현성의 행동을 이해할 수 없었다.

그때 문득 남자는 아주 중요한 것을 잊고 있음이 떠올랐다.

지속 시간!

남자는 헛바람을 들이켜며 몸의 방향을 틀었다.

이 남자에겐 이제 10초란 시간이 남아 있었다.

그 10초를 남자는 제 목숨을 구하는 일에 사용했다.

탕탕탕탕—!

현성이 몸을 숨긴 차량은 구멍 투성이 스펀지처럼 변하고 있었다.

차량의 이러한 운명과 달리 현성은 앞서 어깨에 빗맞은 총상이 전부다.

'하아, 어려운 고비 하나는 넘겼군.'

묵직한 안도의 한숨이 현성의 입에서 흐른다.

*　　　*　　　*

차민연은 제 아버지에게 전화를 걸었다.

그녀의 아버지는 현성이 몸담고 있는 국정원 특수국의 국장이다.

외근 중이었던 차기수는 딸의 다급한 전화를 받자마자 특수국에 긴급 출동을 명령했다.

공간 이동 스킬러를 보유 중인 특수국 섬멸 팀은 급히 조를 꾸려 차민연이 설명한 주차장 옥상으로 바로 떨어졌다.

완전 무장을 갖춘 이들의 등장은 현성을 몰아붙이던 남자들에겐 도망칠 수 없는 재앙이었다.

당시 현성은 한 발의 총알이 전부였다.

실로 긴박하고 아슬아슬한 상황에서 그도, 그리고 차민연도 구조받은 것이다.

뒤늦게 달려온 경찰이 현장을 정리하며 야단법석을 떤다.

국정원 특수국이 개입된 사건이라 출동한 경찰의 임무는 주변 통제와 정리가 전부였다.

여전히 옥상 아래에선 반스킬러 집회자와 그들의 행동을 비난하는 자들의 기세 싸움이 한창이다.

"그녀가 국장님의 따님인 걸 몰랐었나?"

"예."

119 구급대원들에게 간단한 검사를 받고 앉아 있는 차민연을 잠시 바라본 현성은 고개를 끄덕인다.

현성에게 말을 하는 이 남자는 국정원 특수국 섬멸 팀 제3팀 장으로, 현성과 같은 공간 이동 스킬러이기도 하다.

현재 두 사람은 섬멸 팀 몇 명과 함께 박현숙을 잡으러 가는 길이다.

문제는 그 위치로의 이동이 쉽지 않다는 점이었다.

친, 반스킬러 집회자들의 가벼운 몸싸움이 지금은 집단 난

투극으로 번져 버렸기 때문이다.

양측이 충돌하게끔 사람들을 선동하고 자극하는 자들이 각 무리에 섞여 있었기에 일이 이리 커진 것이다.

경찰 병력은 양측의 싸움을 뜯어말리고 혹시 모를 사태를 대비해 그 주변을 지키느라 눈코 뜰 새 없이 바빴다.

퍽퍽퍽!

욕설, 타격음, 비명의 범람은 이곳이 지옥의 일부가 아닐까 하는 생각을 하게 만든다.

이리 치이고 저리 치이다 보니 박현숙을 본 장소까지의 진입은 도저히 언감생심이다.

그래도 이대로 박현숙을 포기하자니 이런 기회가 또 올까 싶다.

하지만 최대한 안쪽으로 진입을 시도하던 현성과 섬멸 팀은 지금은 물러설 때라는 것을 깨달았다.

사태가 단순 집회가 아닌 폭동에 준하는 양상을 띠고 있었기 때문이다.

"현성 요원, 안 되겠어! 안쪽으로 들어가기 힘드네."

양철민 팀장이 눈살을 찌푸리며 고함치듯 현성에게 말했다.

일부 집회자들에 의해 섬멸 팀원이 공격받고 있었다.

현성은 이들과 합류하여 경찰의 저지선까지 간신히 몸을 뺄 수 있었다.

안도의 숨을 모두가 몰아쉴 때였다.

반스킬러 집회자들 무리에서 폭음 같은 비명이 터졌다.

"살인이다!"

"스킬러가 사람을 죽인다! 스킬러가 사람을 죽인다!"

"아아아악!"

다급성이 묻어 나는 비명과 혼란이 그 중심부에서 화산처럼 터져 나온다.

집회 현장을 취재하던 기자와 카메라, 그리고 경찰 병력이 그쪽으로 가려 했으나 노도와 같은 인파의 달음박질에 이리저리 치일 뿐 접근은 어려웠다.

그저 카메라만이 아비규환의 장면을 빨아들이듯 담고 있을 뿐이다.

사람들의 비명처럼 과연 그곳에선 스킬러에 의한 학살이 자행되고 있었다.

한두 명이 아니다. 적어도 두 자리 수의 스킬러가 마치 발작하듯 능력을 뿌렸다.

더 끔찍한 것은 학살이 비단 이곳에서만 자행되는 게 아니라는 점이다.

반스킬러 집회 진영 곳곳에서 스킬러에 의한 무차별적인 학살이 벌어지고 있었다.

사냥감이 되었던 군중은 곧 맹수가 되어 학살을 자행한 스킬러들을 공격했다.

지속 시간 1분. 그 짧은 시간에도 엄청난 일을 저지를 수는 있으나 그 시간이 지나면 그들 역시 평범한 인간에 불과했기 때문이다.

"죽여라!"

"여기, 스킬러다! 스킬러가 있다!"

당황한 한 남자를 향해 주변의 사람들이 달려들었다.

성난 얼굴을 한 사람들의 주먹과 발길질이 이 남자를 향해 무차별적으로 쏟아졌다.

퍽퍽퍽퍽.

그때 누군가 뛰어들어 짓밟히고 있던 이 남자를 구출했다.

구출에 나선 자는 평범한 인간이 아니었다.

그의 손에선 놀랍게도 강풍이 불어 주변을 휩쓸었다.

혼란과 두려움과 폭력의 현장은 이 남자가 일으킨 광풍으로 인해 순간이나마 정적이 흘렀고 또한 넓은 공지가 생겼다.

부상당한 남자를 부축한 자는 스킬러 옹호자 무리로 황급히 뛰어가 숨었다.

이는 또 다른 불씨이자 기름이 되어 다시 양 집회자들의 충돌로 번졌다.

이곳이 과연 대한민국의 수도 서울인지, 아니면 내정이 어지러운 아랍의 어느 나라인지 알 수 없는 장면이 카메라에 담겨 전국으로 퍼져 나간다.

애애애애애앵!

삐뽀, 삐뽀.

집회 확산을 막기 위해 담장처럼 서 있던 버스 지붕 위로 현성이 올라가고 있었다.

처음엔 그 모습을 과격한 집회 참가자로 오해한 의경과 경찰들이 그를 체포하려 했다.

다행히 현성의 뒤를 따르고 있던 국정원 요원들이 그의 신분을 증명하여 체포를 모면할 수 있었다.

양철민도 곧 현성과 나란히 버스에 올랐다.

황혼이 온 도시를 감싸고 있었다.

핏빛 세상은 온통 비명과 적의와 폭력으로 그 배경을 가득 채운 채 지칠 줄 모르는 철마처럼 모든 걸 짓밟으며 내달렸다.

푸화화화확!

물대포가 흥분한 사람들의 몸과 마음을 식히기 위해 발사된다.

그리고 보호대를 착용한 의경들이 진입하여 양측을 떼어내기 위해 애쓰고 있다.

"끔찍하군."

양철민 팀장이 잔뜩 굳은 얼굴로 말한다.

솔직히 양철민은 반스킬러 집회자들에 대한 불만을 갖고 있었다.

이는 국정원 특수국에 소속된 요원들도 마찬가지다.

모든 스킬러를 싸잡아 예비 범죄자, 혹은 자신들의 권익을 침해한 악의 무리로 단정 지어버린 저들의 독선에 경멸을 보였지만 한편으론 그 못지않은 두려움도 있다.

정권이 바뀔 때마다 국가의 백년대계라는 교육 정책이 바뀌는 상황에 현 정부의 스킬러 정책도 바뀌지 말란 법이 없다.

더욱이 내년엔 대선과 총선이 맞물린 실정이라 스킬러의 한 사람으로서 더더욱 걱정이다.

현성은 양철민의 말에 수긍했다.

하지만 그에게 있어서 지금 당장은 저 아비규환의 현장에서 박현숙을 찾는 일이 그 무엇보다 시급했다.

'어디냐! 어디 있는 것이냐!'

집회장의 외곽은 경찰이 통제 중이다.

경찰에 협조를 구해놓았지만 문제는 경찰의 그물망이 튼튼하지도 않고 촘촘하지도 않다는 데 있었다.

*   *   *

서울 시내 한 호텔.

유오찬과 이상배는 TV를 통해 전쟁터로 변한 집회장을 보고 있었다.

생중계되고 있는 현장의 모습은 유오찬이 바라던 방향으로 흐르고 있다.

하지만 저 상황을 보다 더 악화시킬 수 있는 조건이 빠졌다는 데 오찬은 진한 아쉬움을 느끼고 있었다.

'차민연이가 아쉽군. 그녀의 희생이 방송을 탔다면 국내 스킬러들의 불안감에 확실한 기름을 부을 수 있었는데.'

내심 입맛을 다시는 유오찬과 달리 이상배는 TV 속에서 무엇을 봤는지 갑자기 이를 바득바득 갈기 시작했다.

"저 새끼가 왜 저기 있지?"

의경들을 수송하는 버스 위에 서 있던 현성과 양철민이 카메라에 잡혔다.

이를 본 이상배는 자리에서 벌떡 일어나 두 주먹을 불끈 쥐며 깊은 적개심을 드러냈다.

이들은 차민연을 구출한 자가 현성일 것이라곤 예상하지 못했다.

유오찬이 고개를 갸웃하다 곧 전화를 받곤 TV에서 시선을 떼버렸다.

반면 이상배는 화면에서 사라진 현성이 여전히 그 속에 있는 것처럼 두 눈에 아직도 불을 밝히며 씩씩거렸다.

"알았다. 철수해. 뭐? 잡혀… 상관없어. 그들이 아는 정보는 없으니까. 상배야, 이상배!"

"아, 예."

"당장 접선 장소로 이동한다."

"알았어요. 근데 그 자식은 왜 거기 있는 걸까요?"

"그 녀석은 언제든 처리할 수 있다. 지금은 임무에만 정신 쏟아."

따끔한 일침을 날린 오찬은 그 즉시 밖으로 뛰듯이 걸어 나갔다.

꺼진 TV 화면을 매섭게 노려보던 상배 역시 곧 오찬의 뒤를 따라나선다.

텅 빈 객실엔 이들이 머물다 간 흔적만이 남아 있을 뿐이다.

*   *   *

국정원은 국내에 드리워진 불온한 바람—반스킬러 풍조—에 촉각을 곤두세운 채 다방면으로 이를 조사 중에 있었다.

하지만 아직 그 실마리는 그 어디에서도 풀어내지 못했다.

의심스러운 곳들을 매의 눈으로 살펴보고만 있을 뿐이다.

그러던 차에 등장한 박현숙은 그간 지지부진했던 국정원 수사에 활기를 불어넣었다.

지금까지 문제가 되었던 건 공간 이동 스킬러의 등장 이후 출입국 관리에 발생한 큰 구멍이었다.

국내는 물론 국외까지 그들의 공간 이동 능력은 사용이 가능했다.

남미의 오지까지도 단 한순간에 이동할 수 있는 것이다.

이렇다 보니 국정원은 자신들의 수사력을 국내에 한정할 수도 없었고 또 군경의 도움도 바랄 수 없었다.

이는 놈들의 위치를 알 수 없는 가장 큰 요인이었다.

그러던 차에 박현숙을 국내에서 확인한 데다 차민연의 납치에 가담한 자들까지 다수 체포했으니.

"놈들이 나타났다고요?"

사무실에 들러 당시의 상황을 보고서로 제출한 현성은 자정이 넘어서야 집으로 돌아올 수 있었다.

조기 퇴근의 꿀맛을 제대로 맛보지도 못한 채 오늘 하루 죽을 둥 살 둥 고생만 한 현성이었다.

그는 아연과 희연을 불러놓고 오늘 있었던 일을 알려주었다.

자매의 얼굴에 남아 있던 잠기운은 언제 그랬냐는 듯 싹 사라졌다.

현재 특수국에선 자매를 미끼로 놈들을 끌어내자는 작전도 거론 중이었다.

그럼에도 현성은 이를 고려하지 않았다.

그에게 있어 자매는 가족이었기에.

"그래, 상배가 놈들과 한패가 분명하다면 어떤 식으로든 너희에게 접근할지도 모른다. 아니, 놈과 그들을 한패라고 봐야 할 거야. 그래서 내 생각엔 잠시 너희가 다른 곳으로 피신해 있는 게 어떨까 싶다."

도심 한복판에서 일어난 대담한 총질에다 위험한 스킬러까지.

연예인인 차민연까지 벌건 대낮에 납치를 당했다.

물론 특수국에서 자매를 위한 만반의 준비를 하겠지만 놈들을 상대해 본 결과 이는 위험한 도박이었다.

"학교는……."

아연이 말끝을 흐리며 현성을 보았다.

희연은 말없이 상황을 머릿속에서 정리 중인 듯 한마디의 말도 하지 않았다.

하지만 분명한 것은 희연 역시 이 상황에 깊은 두려움을 느끼고 있다는 것이다.

현성이 말하기 전 희연이 먼저 아연에게 말한다.

"언니, 학교가 문제가 아니잖아."

"그렇긴 하지만……."

"아저씨, 그래서 어디로 피신하란 거죠?"

현성은 특수국에서도 찾기 힘든 외딴 시골 마을 한곳을 이미 물색해 두었다.

문제는 기한이다.

지금의 상황이 단기간에 끝나리라는 보장은 없었다.

그러니 자매의 잠수는 '언제까지다' 라고 못 박아줄 수도 없었다.

"내가 아는 산골 마을이 있어. 물론 그곳에서의 생활은 이곳과 달리 불편함이 많을 거야. 전기도 들어오지 않는 곳이니까. 하지만 너희의 안전을 생각하면 그곳이 최적의 장소라고 생각한다. 결정은 너희의 몫이다."

자매는 자석처럼 서로 손을 잡았다.

불안한 생활이 조금씩 안정을 되찾아가던 차에 이런 일이 발생했으니 그 마음이 오죽하겠는가.

아연이 결연한 표정으로 현성을 바라보며 말한다.

"오빠 의견에 저희는 따를게요."

현성의 내심엔 미소가 감돈다. 그 따뜻함은 곧 희연을 비추었다.

"희연이, 넌?"

"별수 없잖아요."

타인에게 정을 주는 걸 두려워하던 희연이었다. 아니, 남자에 대한 두려움과 혐오가 컸던 아이였다.

그렇다 보니 대개의 경우 남자를 향한 그녀의 말투에는 퉁명스럽고 쌀쌀한 느낌이 물씬 묻어났었다.

그랬던 소녀가 조금씩 현성에게는 그 마음을 열고 있었다.

자매에게 현성은 든든한 가장이자 믿고 의지할 수 있는 대들보 같은 존재로서 마음 깊은 곳에 들어앉아 있었다.

"필요한 물품이 있으면 내일 구매해 놔."

그러면서 현성은 자신의 직불 카드를 대수롭지 않다는 듯 자연스럽게 아연에게 건넸다.

카드를 준다는 건? 현성 역시 자매를 크게 생각하고 있다는 방증이 아닐까 싶다.

"고마워요, 오빠."

아연의 눈가는 그래서 그에 대한 감사와 고마움으로 촉촉해진다.

희연 역시 제 언니와 마음이 같았지만 그 표현이 아직 미숙

하고 서툴러 엉뚱한 행동을 했다.

　그 속마음이 훤히 보였기에 현성은 이에 개의치 않았다.

　오히려 웃음이 나온다.

『스킬러』 2권에 계속…

현대백수 장편 소설

FUSION FANTASTIC STORY

간웅

뇌성벽력이 치는 어느 날!
고려 황제의 강인번을 들고 있던
어린 병사가 낙뢰를 맞고 쓰러졌다.

하지만… 다시 눈을 뜬 이는
현대 대한민국에서 쓸쓸히 죽은
드라마 작가 지망생.

고려 무신 시대의 격변기 속에서 눈을 뜬 회생[回生].
살아남기 위해! 죽지 않기 위해!
그의 행보로 인해 고려는 서서히
변하기 시작하는데……

치세능신 난세간웅(治世能臣 亂世奸雄)!

격동의 무신 시대!
회생, 간웅의 길을 걷다!

Book Publishing CHUNGEORAM

유행이 아닌 자유추구 -
WWW.chungeoram.com

절정고수들이 하늘 높은 줄 모르고 질주하는 현 세상.
서른여덟 개의 세력이 서로를 견제하는 혼돈의 시대.

그 일촉즉발의 무림 속에
첫 발을 디딘 어린 소년.

"나는 네가 점창의 별이 되기를 원한다."

사부와의 약속을 지키고
난세로 빠져드는 천하를 구하기 위해
작은 손이 검을 들었다!

박선우 新무협 판타지 소설 FANTASTIC ORIENTAL HE

풍운사일

내일을 향해 쏴라

김형석 장편 소설

FUSION FANTASTIC STORY

1만 시간의 법칙!
'성공은 1만 시간의 노력이 만든다' 는 뜻이다.

그러나…
사회복지학과 복학생 수.
전공 실습으로 나간 호스피스 병동에서
미지와 조우하다.

1만 시간의 법칙?
아니, 1분의 법칙!

전무후무한 능력이 수에게 강림하다!
맨주먹 하나로 시작한 수의
인생역전이 시작된다!

Book Publishing CHUNGEORAM

청어람 미디어 www.chungeoram.com

문용신 新무협 판타지 소설
FANTASTIC ORIENTAL HEROES

한량 아버지를 뒷바라지하며
호시탐탐 가출을 꿈꾸던 궁외수.

어린 시절 이어진 인연은
그를 세상 밖으로 이끄는데……

"내가 정혼녀 하나 못 지킬 것처럼 보여?"

글자조차 모르는 까막눈이지만,
하늘이 내린 재능과 악마의 심장은
전 무림이 그를 주목하게 한다.

"이 시간 이후 당신에겐 위협 따윈 없는 거요."

무림에 무서운 놈이 나타났다!

Book Publishing CHUNGEORAM

유행이 아닌 자유추구 -
WWW.chungeoram.com